JN002562

「平城山」の歌人

北見志保子全歌集

桜井　仁　編

北見女史像

（北原白秋画・『花のかげ』より）

北見志保子小伝

北見志保子は明治十八年（一八八五年）一月九日、川島亨一郎・勢津の長女として高知県の宿毛に生まれる。本名は川島朝野（あさの）。この頃、父・亨一郎は自由民権運動に奔走していた。

明治二十四年、宿毛小学校に入学。明治三十二年、宿毛小学校尋常科を経て、高等科を卒業。この年、妹の遠江（とおえ）が静岡県で生まれる。また父の亨一郎が同じく静岡県で死亡している。

明治三十三年には、平田尋常小学校の准教員心得に。翌明治三十四年には、中筋尋常高等小学校の代用教員になっている。明治三十五年、中村裁縫教員養成所に入所し、翌年に卒業。母・勢津は夜も昼も裁縫の賃仕事をして、男三人・女三人の子どもを育てていた。明治三十六年、安満地尋常小学校訓導となる。明治三十七年には、中筋尋常高等小学校訓導となる。この年、兄の武城（たけき）が日露戦争で戦死。明治三十八年、宿毛尋常高等小学校訓導となる。しかし、翌明治三十九年に、宿毛尋常高等小学校訓導を退職し、上京。上京後は、雑誌等に詩文を投稿している。

明治四十二年、東京で東小松川小学校に勤めながら、東京帝国大学に入学した橋田東声を支援。明治四十四年、橋田東声とともに帰郷する。

大正二年（一九一三年）、橋田東声が東京帝国大学を卒業すると同時に結婚。東京都小松川町に住む。大正三年、祖母が死去し、東声とともに帰郷。大正四年、青山南町に転居。東声が倒れ、病床に就く。後、四谷区内藤町に転居。大正五年には大森山王に転居。この年、東声の父と母が相次いで世を去る。

大正六年、三月に東声が創刊した「珊瑚礁」に参加し、短歌を寄稿。。この年、入籍し、橋田朝野となる。大正七年、「珊瑚礁」に慶應義塾大学の学生の浜忠次郎の短歌も収載される。大正八年、六月に「珊瑚礁」が終刊。八月には「覇王樹」創刊に参加。筆名は「橋田あさ子」「橋田ゆみえ」を用いた。大正九年、東声の弟子であり、十二歳年下でもある慶大生・浜忠次郎と親しくなる。大正十年、東声が歌集『地懐』を刊行。大正十一年、「覇王樹」に浜忠次郎の短歌が載る。浜はこの年、慶應義塾大学を卒業し、フランスへ留学。東声とは別居するようになり、二人は協議し、離婚を決意する。大正十二年、東声と正式に離婚し、川島朝野に戻す。同年九月に関東大震災が発生。

大正十三年、川島朝野の本籍を宿毛から有岡へ移す時に、有岡役場の書記が生年を「明治二十八年」と写しまちがえ、十歳若くなる。大正十四年、浜忠次郎がフランスから帰国し、千代田生命に入社。朝野は浜忠次郎と結婚生活に入る。同年、古泉千樫に師事する。また川上小夜子・水町京子らと女流歌誌「草の実」を創刊。この頃すでに「北見志保子」の筆名を使い始める。大正十五年、小石川駕籠町に新居を建て、浜忠次郎とともに転居。

昭和二年(一九二七年)、八月に古泉千樫が病没。同年十一月、三ケ島葭子・水町京子らと歌誌「青垣」を創刊。創刊号は「古泉千樫追悼号」として刊行される。昭和三年、女流歌人の会「ひさぎ会」が発足し、発起人の一人として出席。同年一月には、第一歌集『月光』を刊行。大正六年から十五年までの歌を収めた。八月には母・勢津がこの世を去る。昭和四年、「山川朱実」の筆名で「女人芸術」「火の鳥」「令女界」に創作を発表。

　昭和五年、浜家に入籍し、浜朝野（通称・浜あさ子）となる。この年、前夫・橋田東声が死去。武田祐吉の万葉集講義を受講するようになる。昭和八年、「九十九里浜」の歌を詠む。昭和九年、徳田秋声に師事。「あらくれ」同人となる。四月、山川朱実著短編小説集『朱実作品集』を刊行する。「草の実」四月号に後の「平城山（ならやま）」の歌を発表。

　昭和十年、「草の実」創刊十周年記念として、平井康三郎により「平城山」が作曲され、ヒットする。なお、北見志保子作詞・平井康三郎（本名・平井保喜）作曲による校歌が作られた地元の学校も多い。土佐女子中・高等学校、土佐清水市立清水中学校、四万十市立中村中学校、高知県立須崎高等学校、高知県立窪川高等学校などである。この年、北原白秋に師事し、「多磨」同人になっている。昭和十二年、「多磨」を退会し、女流歌誌「月光」を川上小夜子らと創刊。昭和十六年、サハリン（樺太）に渡り、「銃後文化講演会」の講師として各地で講演活動を展開。この年の六月、山川朱実著随筆集『国境まで』を刊行する。

　昭和二十年（一九四五年）四月、東京大空襲により小石川の家を全焼。上目黒、阿佐ケ谷、荻窪を転々とし、洗足の新居に住む。昭和二十一年、「人民短歌」に寄稿。筏井嘉一らと「定型律」

を創刊。「東京歌話会」結成に参加。多彩な文化活動を再開する。昭和二十二年、夫の浜忠次郎が千代田生命の社長となる。この年、「東京歌話会」の機関誌「短歌季刊」の創刊に参加するも、昭和二十四年三月の六号をもって終刊となる。

昭和二十四年、生方たつゑらと「女人短歌会」を結成し、九月には「女人短歌」を創刊、編集発行人となる。昭和二十五年、慶應義塾大学の聴講生となり、折口信夫（釈迢空）の講義を受講する。同年九月、第二歌集『花のかげ』を刊行。

昭和二十六年、宮中歌会始にて陪聴を務める。宿毛に帰京し、東声の墓に参る。この年、前田夕暮の告別式後に、親友川上小夜子が志保子宅にて急逝。九月、「定型律」を発展解消させて、歌誌「花宴」を創刊し、主宰となる。

昭和二十八年、宿毛小学校校庭に、「山川よ野よあたたかきふるさとよこゑあげて泣かむ長かりしかな」の歌碑が建つ。九月、師である折口信夫（釈迢空）がこの世を去る。志保子自身も病気がちになっていく。しかし、それにもめげず、慶應義塾大学大学院にて万葉集の研究を続ける。

昭和三十年（一九五五年）、二月に第三歌集『珊瑚』を刊行。四月十八日、慶應病院に入院。五月四日、慶應病院にて永眠。五月十日、青山斎場にて告別式。法名は月光院殿朝誉志保妙相大姉。その後、諏訪にある浜家の墓地に葬られる。

最後に、絶詠となった「永劫の門」を掲げる。

開かれし永劫の門を入らむとし植ゑし緋桃をふと思ひたり

石門の扉に向きてためらひもなく入らむとして夢さめにけり
出づることなき永劫の門にむきてゐて急ぎ歩みしを今朝覚めて思ふ
灰色の扉ひらかれしはわが為と人なき門を入らむと急げり
朝庭に下りてみたれば緋桃の花は乱れを見せて過ぎゆくところ

目次

凡　例

一、本書には、北見志保子の生前に刊行された三冊の歌集を収めた。すなわち、第一歌集『月光』（昭和三年一月十日、交蘭社刊）、第二歌集『花のかげ』（昭和二十五年九月十日、女人短歌会刊）、第三歌集『珊瑚』（昭和三十年二月一日、長谷川書房刊）の三冊であり、収録歌数は合計、一一八八首である。

一、新漢字・旧仮名づかいに統一し、誤植はこれを正した。

一、不要と思われる振り仮名はこれを省いた。

一、第二歌集『花のかげ』は逆年代順の構成になっているが、一部に年代が前後している所があり、すべて逆年代順にそろえた。

※『月光』は「がっこう」と読み、「月光菩薩」の意
※収録歌数は三一四首

第一歌集『月光』

（草の実叢書第三編）

昭和三年一月十日
交蘭社　刊

早春譜（大正六～九年）

早春

道のべの枯れ芝中の細つばなほのかに赤く芽ぶき初めたり

ふるさとの我家のせどの細つばなことしもはやく萌えにけむかも

うららかに春日きらへばあげひばり青麦畑にけふも来鳴けり

きぞの夜ふりける雨に裏畑の苺の新芽いやのびにけり

ねぎごとを心にもちてゆく道に雲雀あがれりこゑもうららに

遠田の蛙

野田つづく馬込の村の夕あかり蛙の声はすみてきこゆる

こもりゐの心わびしも裏にでて毒だみの花ふみにじりたり

帰心

幾とせを山の峡間に吾をまてる母に会はむとひとりかへるも

木立ふかみ水の音する山のべに母にあはむと一人ゆく我は

鬼あざみほのかにさける切りそぎの山のはり道ゆけばしたしも

夕月夜

夕月夜はぎのうれ葉におく露の風ふけば散る白く光りて

さきいでし萩の葉末にしら露のこぼれんとして灯に光りゐる

曇り日の河原

多摩川の浅川清みたぎつ瀬の音をききつつ船橋わたる

船橋の船腹たたくさざ波をかなしとみつつひとり渡るも

多摩川の秋雨さむみここだくもならびて下る筏の船は

船まつと河原にたてば行軍の兵隊きたる秋雨にぬれて

雪と七面鳥

はだら雪消えのこりたるふしん場をしづかにあゆむ七面鳥は

あは雪の消えのこりたる庭かげにひそやかに立つ七面鳥のつがひ

朝なぎにふりける雪はおのづから檜ばらの上につもりゆくみゆ

兄と弟

みとりすとかへりはきつれ故郷の背戸のみかんの色づく頃を

弟のみとりするとてあさあさを米とぎにけり露霜おくに

うすら寒き洋灯のほかげにかがなへて都にかへる日の待ち遠き

新しき洋灯買ひゆき灯ともせば飽かずみてゐる兄のかほはも

新しきらんぷともせば近所の子等集りて来る忙はしき土間に

夕さむき渚に立てば沖の海の小富士の島に波のよるみゆ

柿の実のうれたるみつつふるさとの門べに立ちて今はうれしき

旅にいでて

旅にして思ひはまさる十一月の夕空やけて風のわたれば

蜜柑むきつつひとりを嘆き山道のかたむきそめし日かげふみしむ

宇和島の港にはてし船の上に木の葉ふき返す山よりのかぜ

思ひくし旅にいづればわが心つげたきほどの雨はふりつつ

旅すれば人のこひしくなりにけり空には赤き夕やけのして

母の歌

遠ゆきし母が手植ゑの韮の花今はさかりとなりにけるかも

裏畑にかたまりて咲くしら花の韮の花かなし夕雨の中に

韮の花しろきを見れば幼などち髪にかざせし昔こほしき

海越えて帰りは来つれふるさとの生れし家に母はいまさず

たらちねの母まさぬ家にかへりきて夕べ淋しく洋灯（らんぷ）をともす

新月

新月のほの明るきに面ふせて語りし人の忘られなくに

梅雨空をりをり晴れて陽の光り夾竹桃の花にうごけり

なくなへに蛙の小腹ふくらみてしばしば葉よりすべらむとする

秋風

大根のたねをまかなと思ひつつ彼岸もすぎて秋ふけにけり

秋風ははやたちぬらし夕畑にもろこしの葉のさやぐを聞けば

葛飾

蛙なくこゑを聞きつつ停車場の柵にもたれて人まつわれは

葛飾の早苗水田の細道を君としあゆむ夕べやすけし

君まつと停車場にゆく小野のみち蛙田になく夕べなりけり

葛飾に住ひてひとをまつからに夕蛙小田になけばたぬしも

夕闇に人まちをれば垣のへのくちなしの花匂ひ来るかも

さまよひてここには来つれ山梔の花ほのしろき生垣のあたり

来るひとを幾日待ちけむ門の外に今宵もひとり我が立ちつくす

別れきてかへる夜道にしらじらと木犀の花ちりゐたりけり

あはむ日をおもひたへつつここに来しわが目にいたき野苺の花

先生の家にとなりてわが住めば夜学の子らの本よむがきこゆ

東京の人きたれりと近所の子らさはぎ集るわが宿の庭に

朝はしもとく起きいでて背戸川の水汲む人に我も交りて

沼のべにむら生ひしげる女竹やぶよしきりの声そこより聞ゆ

蓮の葉を笠にしてあゆむ畔のみち燕はあまたとびゐたるかも

蜻蛉つる子等に交りてけふもまた遠田にきつれ垂穂のさやぎ

秋の夕べ

野に立ちて何をもとめむこの心芒青原かぜのわたれば

この心ひとにつげむと思へかも夕野にたちて入りつ陽をみる

垂り枝はつゆしとどなり露おけば土にとどきて咲きし萩かも

山はぎははやも咲きたり思ひくし我がゆくみちの夕かげにして

いでゆ

はるばると旅に来しかも上つ毛の赤城山根を目の前にみつ

みどり透く広葉の中にかたまりて桐の実たれたりみな露もちて

いが栗のまだやはらかき青とげを掌にさやりつつ行く峡の径

夕されば木ぬれもしじにひぐらしのこゑすみわたる山のいでゆに

ゐろりべにまとゐてすする朝の茶のこころしたしも山のいでゆに

山川の曲（大正十〜十一年）

葵祭

いにしへの葵まつりをみんものと加茂の河原に立ちて久しも

あゆみ来る牛車のきしり春の日にひびきてよろし加茂の祭りは

けふはしも装ひよろしく引く牛のあゆみはおそし車のひびき

いとしづかに列はあゆめりうちなびく都大路に埃もたたず

寂しさ

人まちてはかなき宵をさまよへばこひしき方に灯のとぼりつつ

来るといふに終ひに来らずわがこころ空しくなりて小床をしくも

さびしらに我が生くるものを秋の日の日向ながらに小雨はふるも

このひるを陽はてりながら小雨ふり会ひたき心しきりにわき来る

犬吠岬

曇りひくき灯台下の岩の間に寄る波青し音の高しも

見はるかす沖のはたてにをりをりをしぶき上がれり岩あるらしも

友としてゆくこの浜はくれにけり砂ふみしめてただにあゆむも

外海の荒波よするしぶきかも岸べの草はみな濡れてをり

銚子のや風たちくれば波を荒み磯曲かすめて潮けむりたつ

唐津

つくしがた唐津の町に夜つきて山々にもゆる野火をみにけり

燃えさかる山やく野火を見つつゐてつくし訛りもきくにうれしき

近き山にもえゆく野火は窓にはえふたりしたしき夕餉をすも

虹の松原

ふたりしてゆくに親しき松原や日かげうららに春の日はたけ

うつ波もしづかに来寄れ春の浜ふたり歩みてこころ安けし

むきむきに海にそむける松低く白砂にとほく春日かげろふ

伯父逝く

わが恩人なるなつかしき伯父、六月十七日赤十字病院に逝く、息の絶ゆるきはまでも言ふは唯政治と政友のことのみ

衰へし顔をまもりておのづから涙はわくも死にゆくひとに

玉の緒の命のかぎり生きんとてか引く息ながく苦しむ伯父を

死にてゆくいまはの際も声を断たず言ひけることは国のまつりごと

消ぬるがに声は細れど政治（まつりごと）国のことただにいひし伯父はも

死にてゆく人のいまはの言の葉を遺さんものと書くペンの音

言ひのこさん言はいまだもつきぬまに口動かして死にし伯父はも

天城山

登り来て見下ろす天城の山なだり合歓の花あまた陽にてりゐるも

ふりさけて我が見る伊豆の群山に霧立ちわたる雨となるらし

木立ふかき天城の山にかかる雲をりをりふり来霧雨となりて

山裾の谷の低きに風たちてみな靡きをり青田の稲は

天城ねに風たちわたり並みたてる杉の群秀をどよもしすぐる

道もせの秋草におく露しげし麓はいまだ夕べはやきに

夕まけて天城の山に生ふる杉のうれ動きやまず風立つらむか

空かぎる天城の山は木を深み今宵の月にくろぐろと立つ

湯ヶ島

宵早く戸をさし眠る家多しこの街道の夜のしづもり

瀬音たかき谷川にてる月夜なり光りくだけて岩越す水は

湯ヶ島の吊橋渡り見上げたる山柿の実はいまだ青しも

天城嶺に風たちくれば木立多みどよもす音のここまで聞ゆ

赤倉

空かぎる妙高山の山裾のなだりはながし北に向ひて

山々のかさなり深し越後のや黒姫山は裾ながく引き

関川は越後の国とみすずかる信濃の国を分けながれたり

山の上は秋風はやし青茅がや八月にしてみな穂にいでたり

宵月夜かや原こめて照りあはしはるかにたつは米山の峰

秋の風けさを俄かに吹き来たり神奈山晴れてけざやかに立つ

月の夜は山の低くどにかがやきて野尻の湖はひんがしに見ゆ

赤城山に登る

木漏れさす月のあかりにけぬの山いく重まがりをこえて来にけり

はれし夜の月はてらせどわれらゆく谷ふかくしてひかりとどかず

疲れはてもだしてあゆむ谷のみち夜空に仰ぐ星のかがやき

やうやくにつきたる宿は山の湯の土間の戸さして寝てゐたりけり（梨木温泉）

秋山は名しらぬ草の花さきて木々はいろづくあかるき真日に

笹鳴りの音をききつつのぼりゆくもみぢ下照る赤城の山坂

秋がすみ和田なすをちに利根の川西日をうけて光りながれたり

茶の木畑の峠にたちて見はるかす山なみの上に富士は晴れたり

大沼にこぐ櫓の音は白樺の森にひびきて夜はふけたる

黒檜嶺ゆ吹き下ろす風にかたよりて沼の上さむくなびきたつ霧

みちのへの通草とりつつおのづからこほしさまされり秋日てる山に

日を重ね別れゐるとも秋草のほそき命をまもりてゆかむ

かなしさに涙ながして上るみち明るきかもよこの秋山は

わがひとり見るに堪へめや赤城ねの毛欅（ぶな）の林のあかるき紅葉

山の野にたてばおもひぞせまりくる宵草の葉にみな露もちて

南の海

箱根山やまをたかみか麓べはいまだもふらぬ雪つもりをり

磯の家に灯はともりたりみじか日の海のあかりの残るあはれさ

冬の波よる秀がしらのましろけれくれなづみつつ風のつのれば

雨ぐもの海よりはれて沖の島によろ波の秀の陽にかがやける

魚干せる街かへりつつさみしけれ曇れる空はいよいよ重く

石垣に干し並べたる魚くづの匂ふ街なみに陽はかげりたり

生くる命

秋の日のはれ渡りたる陽のひかり遠樹にふりて人のこひしき

生きむことのうれしさにゐるもまことわれひとの命のかなしきがため

いさかひしままにわかれていく日か寂しさにをりくるしきものを

いでていにし君がうしろ手思ひつつ庭に下りたてば宵月のかげ

ねぎ畑のうねま正しき畑にたちくれゆくそらをみてゐたりけり

病むといへば逢はむ日遠しこの夕べわが庭のへの草ぬきにつつ

せつなさの身にせまり来ぬ山吹の花の垂り枝に雨ふるみれば

こひいのる事のみ多し夕されば心やりかね灯にすわりたり

月夜

ひんがしの空あかるみて二人ゐる小径ほのかに月夜となれり

野に立ちて久しくなれり眼をあげて月の明るむ空をみにけり

ひとり居（大正十二〜十三年）

高野山

悲しき思ひを抱き、寺に籠らむとて高野山に登る

ひとりのぼる山をたかだかと見あげつつ草履の紐を足にむすべり

何事も忘れてゆかむ頂きにつづきてしろき山はらのみち

しげりふかき山つづきたる紀の国を目下にみつつのぼりゆくなり

山中の小学校は夏やすみ門をとざしてしづまりにけり

径をまはればたぎつ瀬川の音たかし木の間をすきてみゆる朱の橋

空のいろくらくなりしがたちまちに山どよもしてふり来る夕立

雲ひくくふりくる雨の凄しさ谷の水音も聞えずなれり

渓に冷えし涼風とほる橋の上今は夕立もふりやみにけり

ふと思ひさみしくなれり川水の岩越す音はたゆる間もなし

雨あとの山の気ひゆる木下みち雫にぬれてのぼりゆくかも

仰ぎみる木ぬれは夕の陽あたれど谷の下みちくらくなりたり

高野山にのぼりつきたり雨はれてしづもる山に鐘なりひびく

つきいだす鐘なりこもる高野山槙の木立は年古りにけり

鐘がなる夕べの山頂にのぼりつき心おのづからあらたまりたり

寺の庭の筧をおつるま清水にひとりさみしく足を洗へり

山の風ふきすぐるなへ夜の蟬羽ばたきなけり庭のしげみに

僧院にこもり我がをれば小夜くだちあらしの風はをりをりすぐる

小夜あらし夜ごとをふきて山ふかき高野の山は秋たちにけり

山の上の町は戸ざして静もれり屋根も木立も明るき月かげ

嶽弁天に登る

見下ろせば紀の川面にわく雲は吉野の山の奥につづけり

川の面に雲たちわたり向つ嶺の吉野の山は浮き上り見ゆ

病む日

病ひえてこころ弱れり窓の外の欅の新芽日毎にのびつつ

床の中に目覚めてさびし日のくれの街のもの音賑かに聞ゆ

告げたき心押へていく日かも夕べとなれば熱いでにけり

会ふ日まで生きがたき身と思ひつつ訪ひ来し友にことづてをせり

よわるこころをひとり引きしめて汗ばめる肌のあつきに眼をつぶる

みづからの力をたへて一すぢに生きんと思ふこころさぶしさ

さかりすみて

何がなし夫の香のこるなつかしさ縁の日向に衣をときつつ

外つ国も秋さびつらむ我がひとりもみづる木々の山々をみて

西空に陽はおちたればなみよろふ山際いよいよ澄みきはまれり

ひとり居

夕づけばこころ忙しく戻りきてあかりのもとにひとり坐れり

ひとりゐて心落ちゐずいでてくればゆききの電車灯をともしたり

けふの日も夕べとなれり巷には明るき電車いくつも走る

電車下り帰りを急ぐ人のかほわれはみてたつ夕の巷に

ひとりたつ我にかかはりなし満員の電車目の前をつぎつぎ去るも

那羅（大正十三～十四年）

家居

住まはむとひとり来れる奈良山にはやくも秋の風吹きてをり

み山べのふもとにひとり家居して夕べかなしき灯をともすかも

み陵に間近く住みて夜半にきく松風の音はしづかなりけり

み陵の松ふく風をききゐつつ心は深くひとを思へり

ひとりゐのこころ堪へつつ戻り来し部屋に明るき月かげさせり

木々の上にはるかに見ゆる塔の尖そがひの空は夕やけにけり

友の寺を訪ふ

大寺の庫裡の広間に夜を更かし友と語れば月の出となれり

大寺をいづれば秋のよる更けて月は三笠の上にのぼれり

夜の道を友としかへる春日野に月は明るくてり渡るかも

春日野の細径あゆむ我が裾に青かや草のしきりにさやる

草原のくまなき明り身にたへてただあゆみをり友のあとより

送られてかへる春日のしろきみちはるかにとほき人を思へり

ふり仰ぐ戒壇院のきざはしに月かげ更けて動かざりけり

街の灯のつづく丘べに友と別れひとりさびしく家にかへるも

静かなる街にさやけき月のかげ友の下駄音次第にとほし

街をこえてま向ひに見ゆる生駒山月照り更けてまたたくともしび

街に入れば心いよいよさぶしかり家の戸洩るるともしびの影

或時に

おのづからこほしさわけり部屋の中にさし入る月の明るきにゐて

逢ふべくはまことに遠し縁に出てすみゆく月をひとり仰げり

身にしみて秋風とほるさびしさよ着物のえりのよごれふきつつ

大極殿の跡にて

いにしへの宮居の跡に来て見れば草の穂ほけて風に靡けり

宮柱たてつらねたらん古へのいしずゑ今にのこる尊さ

秋の日はしみらに照れり原中にのこる石ずゑ空しかりけり

見返れば三笠の山にならびたつ大仏殿の屋根の大きさ

三笠山は小さくし見ゆ大仏殿黄金（わうごん）の鴟尾は陽にかがやきて

三笠山にのぼる

見下ろせば里わくらみて夕かしぐ煙いくすぢもたちのぼるなり

山の上はいまだ明るし田の中を走る電車は灯をともしたり

見下ろせば塔も木立も低くして大仏殿建てり屋根のひろさよ

唐招提寺

門に立てばあたりしづけし遠くにて蜻蛉つる子のこゑきこえくる

円柱は位置を保ちて並びたり唐招提寺の屋根の重たさ

境内のもの静かさよ歩み入る足音たかくこだましにけり

大きなる扉ひらけばしめやかに土の匂ひのただよひ来るも

講堂の扉を洩るる弱き陽にむきむきにならぶみ仏のかほ

小暗きにみ仏のかほを見守れば古きいのちはしづかなりけり

堂をいづれば広庭にたかき赤松の梢あかるく夕日あたれり

法隆寺

駅をいづれば田中のみちは一筋に斑鳩寺の塔にむかへり

塔にむかひひとりし行けば昼ながら法隆寺村はしづかなるかも

当麻寺へ

畔みちにたてばはるかに当麻の塔二上山のやまもとに見ゆ

葉をおとしあらはになりたる木々の上に当麻の塔は二つならべり

夕づきて寒くしなれるかへり路の田川の水は澄みとほりたり

二月堂夜詣り

夜詣りの人に交りてわれもゆく夕やみ深き春日のみちを

石段の下より仰ぐ二月堂屋根まで明るし灯火(ともしび)のかず

仏灯（ぶっとう）のあかりとどきて見ゆる限りみ堂も廻廊も夜詣りの人

杉むらに灯かげ明るくけむらへり東大寺の鐘なりこもりつつ

初夜の鐘の鳴りひびくなかを二月堂に夜詣りの人らつづきてのぼる

浄瑠璃寺

丘越しに何時までも見ゆる大仏殿ふりかへりつつ峡を下れり

ここははや山城ならむ山かひに青田ひらけて涼風とほれり

径の上におとす陽かげの照りかげりせはしくなれり風もさやげる

夕立すぎてすがしき風の通るみち木ぬれの雫しきりにおつる

雨あとの空ふかく晴れて山もとの堂塔のやねに雫ひかれり

庭にたてば池向ふなる三重の塔古さびながらしづくしたたれり

塔と堂池をはさみてしづかなり夕立はれしこの山かひに

つぎねふ山城のくにの山峡に千年を経たる塔のしづけさ

九つの坐像のみ仏ゐならびて天井にとどく頭の大きさよ

一列にみ堂にならぶ九つのみ仏の坐像おもおもしかも

多武峰

谷川の低きに水の音こもり空のくもりはいよいよ重し

多武の峰にのぼりつきたり山の上はもみぢ明るく秋ふかみたり

岡寺より橘寺へ

はざま田の棚田の稲は黄に光り麓にとほくひらけたるかも

雨雲はひくく下りたりはざま路の棚田の稲のそよぎしるけき

岡寺の門への道のきざはしにふる雨の音をききてたちたり

うす暗きみ堂の中の大仏我が目とどかずしばし仰げり

目になれてややに見えたりみ仏の坐像のみ胸ゆたかなるかも

橘寺の一筋道に音たてて雨ははげしくふりまさりたり

田をうちてふりつのり来し雨の音黄ばめる稲は土にふしたり

かたみにもだして歩む日くれ方畝傍の山を目近くにして

かなしさをひとり耐(こら)へてふる雨に傘傾けてひたに歩むも

新薬師寺

尼寺のつつましき寺のたたずまひ山のふもとに千年をへたる

山裾の松にこもれる風の音み寺の庭にたちてききをり

しづまれるみ堂の中の薬師如来眼ひらきてただしくおはす

尼寺のみ堂をいでて近々と高円山を仰ぎ見にけり

古寺にたつきいとなむつつましさ尼はさ庭に張りものをせり

馬酔木

茂り枝にちりたまりたる馬酔木の葉夕風ふくに落つる音すも

落葉ふる音をききつつ歩み入る竹柏の林はくれて来にけり

木の間ふかくさし入る夕陽あはあはし近づき来たる鹿の足音

法華寺にゆく

川に添ふ径のながてに見はるかす山の高根は雪ふりにけり

川岸をひとり静かに歩みけりみ陵にふく風の音ききつつ

尼寺にてりかげる陽をみつつあれば時雨ふりきて屋根をぬらせり

夕ちかくひとり来しかば尼寺の屋根うつ時雨の音をききをり

草の実集（「草の実」創刊より大正十五年一月）

日向和田

山下に家居したしむ村人等み寺の庭ににほふさくら花

むぎ踏みの人はかへりて昼畑にふまれし麦は右に左に

青むぎと白壁ばかりみゆこの村は春たけなはに静かなるかも

川向ふにならぶ家居のうしろ山竹のそよぎは明るかりけり

山もとの竹のそよぎの明るさを川向ふにして見つつあゆめり

五番町

雨あとのゆたかにたたふる濠の水草刈り人は舟にてわたる

夏草の土堤ながながと濠水にかげうつしゐる梅雨空のもと

ほりみづのひとところあはく日光さし土堤の夏草に雨ぞふりゐる

梅雨空

松三本うゑしが一本枯れて育たず朝に夕にみるにすべなし

秋されば武蔵ひろ野の夕風に梢鳴らして生ひけむものを

梅雨空の時ま晴れわたりかれがれの松に陽ざしの強くあたるも

枯れてゆく松の細枝に脂わきて陽にてるみれば何かさぶしき

夏

いささかの務めするとて我もゆく晴れたる空の朝すがしき

仕事もちて朝ゆく街のすがしさやことしの夏をわれすこやかに

人なみに我も仕事をもてり朝戸出の夫をおくりて心つつまし

仕事畢へて思ふことなきうらやすさ涼風とほる部屋に坐りて

日曜をひと日留守もるわびしさよ土にひびきて午砲の音きこゆ

或日

人の心うたがひそめて真夏日のあつきしづもり堪へてわがをり

真心はかよひ難きぞあきらめて友を送りて門にいでたつ

ひとごとはたのみかねつも夕つ日の友のうしろに照れるさみしさ

目黒にて

夜ふけて友としあゆむ競馬場の向ふにあがる花火のあかり

かへり来る道のながての暗の夜花火たまゆら明るむかふに

土佐の海

屏風岩たて連ねたる土佐の海のうみぎしにあがるしぶきの高さ

屏風岩の上より見れば岩燕飛び交ふはやししぶきにぬれつつ

打ちよする波のしぶきは陽に光り外海につづく海の青さよ

青々と崖下によする海のいろ凄まじくしてつばめ飛び交ふ

土佐の海のそとうみはあらしうち寄する潮は群立つ大岩をこせり

ここに立てば白波たかし目路とほく太平洋につづく海づら

外浜の風まともなり斜面の草せたけみじかく花さきてをり

島の町

島の峰にはづかにのこる入陽のいろ漁りの船はみな戻り来る

賑はしき一時すぎてもやふ船にしづかに寄せてかへす浪の音

島の町の夜はしづかに更けゆきて魚の匂ひのこもりふかしも

この島の家居はしたし百万長者の屋根の上にも石ならべたり

町中はしづまり返り聞きをれば寄する波音島をつつめり

さかり来てふり返りみれば島のかげ小さくなりて海にしづめり（かへり二首）

沖風に帆をあげてゆく凪ぎ日和漁りの船にいくつもあへり

秋の路

陽の入りのもののしづけさ峡間路に見あぐる山はいまだ明るし

上の田より下田に落す水の音草にこもりて山の静けさ

櫨の実のかそかにふるる音きこゆ埃をさけてみちべに立てば（馬車をさけて）

小庭

一本のかやの木うゑてたかだかと見上ぐる空はよく晴れにけり

遅まきのトマトはあまた実をつけて青きがままに秋ふけにけり

窓のへの今年うゑたる山椿小さき実ひとつつけにけるかも

雨晴れて秋ふかまれり庭はぎの花さきながら下葉かれつつ

庭すみの白萩の花日毎ちりこのごろさむくなりにけるかも

町中の草のともしささ庭べに移り来てなく馬追の声

ひとりゐてしづかに聞けば窓のへの山椿の葉におつる雨の音

朝顔

垣根の朝顔の花目にたちて小さくなれり咲き上りつつ

雨あとのすがれ目につく朝顔の土に近きは実となりにけり

よべ吹きし野分の風に朝顔のけさ咲く花は小さくなれり

晩秋

朝庭に夫も下りたち草花の種をとるなりけふのやすみ日に

めづらしく夫と籠りてしづかなり秋の陽ざしの庭に明るき

箱根遊行

トンネルを出でて見下ろす目の下の谷川とみに低まりにけり

山の上に青菜を買ひてもどり来るみちべの木々はみなもみぢせり

山の上にはるばる来つつ湧く水の清水に夕餉の米を洗へり

ま清水に米とぎすまし見上ぐればもみぢ明るき夕山となれり

湧き出づる山の清水を鍋にくみ味噌汁つくる夕べつめたき

湯にひたり耳をすませば電車の音山にひびきて遠くにきこゆ

みち向ふのいでゆの中に我をよぶ友らのこゑはこだましにけり

外にいづれば月夜あかるき木下かげ湯の香したしく匂ひて来るも

大湧谷にゆくとて

坂の上にふり返り見れば低くなりし山はら明るくみなもみぢせり

動きゆく雲のきれまに向つ根のもみづる木々はけざやかなるも

ふる雨ははげしくなれり今はただ山の茶店に茶をすすりをり

※女人短歌の同人諸姉を「花」にたとえ「かげ」はその輝く光の意
※収録歌数は四七四首

第二歌集『花のかげ』

（女人短歌叢書Ⅰ）

昭和二十五年九月十日
女人短歌会　刊

昭和二十五年

さうび

恃(たの)めなき庭のさうびよはやけふは西むき東むき咲きさだまらず

色冴えぬさうびなりともただ一輪がかもす情操にひしがれてゐる

美しとみしはきのふにて庭のさうびけさはそむきて花ちりぢりに

濃きさうびゆるるは女の姿態ともなよやかにしてしかもとげ見する

スヰートピー

見入らるる眼は温きやスヰートピーよ恥ぢらひみせず友の焦点にゐる

友が放つ虚実見極めてなほ執す机上の灯（ひ）に浮きてスヰートピー赤し

スヰートピー可愛（かい）らしといひつつ眼をそらす表情きびしき顔に見ほるる

スヰートピー机上の灯に浮き優しく咲けり逃避ぐせつきしもかかる夜なりき

誰（た）が挿ししスヰートピーが机上に赤しけふのわが眼に常識となり

花と花きそひ咲く季節の女ごころめざましとわれはまなこをつぶる

雪明かり

時を惜しみ書に顔すりよせ読むけふは友らの野心に負かさるるなし

雪明り障子に籠りまつけふの書を伏せて静かなりその面影の

雪柳ゆきにこまごま枝なえし窓あけてたのし来む人まてば

つやつやし友がうたへるフィクションといふ雪明りこもる日の楽しき連想

さつぱりと関はりもたずゆく世なれば我ら数人のあゆみは正し

貧しきわれの時計が夜も昼もときを正確にして生涯を急がしむ

歯車が噛みあひしかも撓(しな)やかに時をきざむとわが世おもはざらむ

ほがらほがらに酒あたたかき宴(えん)に侍る夜はそぞろに人のにがさも

秋の夜

秋の夜は誰に会ふさへうとまれてショートケーキのことひとり思ひゐる

夕あかりなほ籠りよむ時ありてその夜（よ）のゆめは誰もにくまず

バラックの灯あかかき街にて聞き古りしことまた言ふ友よ秋のよさむに

つづまりはわが得（とく）となりゆく友のはなしあいたいと迷ふ秋の夜の雲

食卓の赤きばらの花かたよせて言ひ放つ友のまなざしさむし

自らを恃（たの）むことばは卓（たく）のばらよりも誇りかならむ灯（ほ）かげのゆらぎ

おのれのみ恃（たの）むまなざしの友を見し夜（よる）のきびしさ秋ふけし街に

雑音は宇宙にはびこる微生虫と等しときめてやや落ちつきぬ

奈良

自恃心（じぢしん）はつひに春日（かすが）の紅葉よりなほはかなくてひととき映ゆる

一人一人何の虚構ぞ山にむき霧よりしろき歩みとぞ知る

辻褄のあひすぎしよべの話おもへば古き都にたぐへてむ愁ひか

鹿の仔が頭（づ）を下げて客に媚ぶる面（つら）ふれしうつつのおもひは痛し

三月堂

後背（こうはい）にゆふ陽あかるき光（かげ）ありて菩薩はかろき合掌のみ手

天邪鬼（あまのじゃく）が踏みひしがれて力（りき）みゐるたとへしもなき憂ひにふるる

内陣にゆふかげさして諸仏菩薩いのちいぶきてみなわれに向く

つらつらま向ふ菩薩はまなざし伏せて何を秘めたまふ凡俗のわが眼に

片陽かげ菩薩の像のいきいきとわれは合掌すかたへの友も

内陣に斜陽あたたかくちかぢかとわれに笑まふかと月光菩薩

のち人の貧しきわれや三月堂の瓦一枚のつぐのひもならず

屋根瓦一枚一枚たたみかさねてその線の描きしただごとならず

東大寺の古鐘

古鐘(こしょう)の韻身(いん)にしみとほればこの年月(としつき)さみしく疲れし涙わきいづ

鐘の鳴る初夜を外(と)にいでて思ひみる個愁の歎き果つるときやいつ

あゆみこしわがひと筋の道いとほしさ古鐘きく夜はなべて追憶

初夜の鐘は梅雨ふくむ野山ふるはせて僧房のわれにせつなく聞ゆ

雨（あま）づつみ東大寺の鐘の音（ね）いんに沈み僧房の広縁（ひろえん）にてわれとひき蛙と

来し方はひとつの恵みにこころ育てあなことしげし後みじかきを

東大寺の僧房にひとり聞く初夜の鐘旅愁しみじみたへぬ思ひに

ほたる

いんいんと古鐘（こしょう）なるなべ生（あ）れしかと大仏殿の裏庭はほたるの光り

谷のながれ浅夜しづかにほたるむれとび松青青と光芒ながす

雨しげきほたるは古鐘のいんのつてまぼろしと飛ぶ水ぎは放れて

昭和二十四年

平城山(なら)の郷愁

夫(つま)がゆきしフランスを思ふには天国よりも尚し遠くに恋ひ嘆きしか

平城山をいくたび越えてフランスの夫(つま)を思ひ堪へたりし年月(としつき)の流れ

夢にも見えぬフランスを恋ひたれば憧れは日日われをさいなみし

雲わけば雲にし嘆き小鳥らの音(ね)をかなしみし平城山みささぎ

みささぎの若葉のきほひに水藻の花は白く小さく苔ふかき池に

かへり来む日は知らず夫（つま）が衣服（きもの）縫ひ更（ふ）かし疲れて病みて冬の灯にひとり

夢とほくフランスの夫にかよひしも霜夜きびしき夜夜とおもへり

冬の灯のにじむ巷をひとりあゆむ嘆きはとほきフランスの夫へ

家鴨のひな

水ふかき用水堀にあひるの雛がむつみ泳げり夕光（ゆふかげ）のなかに

おのが卵を孵化（かへ）すことしらぬあひるが雛を岸べ泳がせて愛（いつ）くしむさま

七羽の家鴨のひなが水かく水脈（みを）の流れ小さくゆふひかがやく

かたまりて渚すれすれ家鴨の雛らこころもとなげに鳴きつつ泳ぐ

雨あとの水深ければ沖へはゆかず水掻き習ふらし家鴨のひなは

つゆ晴れを家鴨のひながふかぶかと泳げる水脈（みを）のひかりをさなし

岸よりに雛の子幼なく水かけり風吹けばおびゆる生毛（うぶげ）さかだてて

親の家鴨がひなのあとより鳴き交（か）ひつひたすらならむ子を衛（まも）るとて

額田女王

三輪（みわ）山の白き雲みれば額田女王（ぬかだのおほぎみ）が粉愁香怨（ふんしゅうこうえん）のとき永くすぎたり

三輪山にかかる雲怨（えん）じつつ越えゆきし平城（なら）山みれば若葉どきなり

みさくる三輪山晴れゆくいまの思ひに女の嘆きはいかにか細き

ひとひらの雲のゆくへも三輪山につながる想念か歴史はわれを

三輪山の雲を恋ふらくいつよりかわれを育てしおほいなるゆめ

秋おそく

もの乞ひてわれら生きつぐいまの世を語りつがむかその子らがまた

堕(お)ちゆかむこの国土(くにつち)かと思ふばかりにわきまへもなく涙ながしつ

秋の田の穂の上(へ)とびかふ赤とんぼらんだに落ちし国を飾りて

秋の夜は細月(ほそづき)すらも冴えて明るを土の底なるわれらが嘆き

雲たかく秋の月さゆるをおづおづと夜更けの庭にいでて涙す

昭和二十三年

地球儀

力つき喘（あへ）げばとてすべなき現（いま）の世になほ生きつがむ願ひは強し

こぶしかため世わたるしぐさも知らずして夕べは背（せな）まるめ飯（いひ）たくばかり

人人が世わたる彩（あや）のはなやかさ寂しくわれをめぐりゐるなり

けふのラヂオは人類愛を説きゐたり炭のなき火鉢にひとりよりつつ

地球儀のほこりのごとき島国にあなや生きつぐわれといま知る

加賀金沢にて

ふてぶてと今の世わたる人ら救ひなけれどたはやすからむ

国の憂ひ息もつかさぬ年月のながれやうやく疲れていのち終らむ

旅に思ふはいきづまる世に逆らへばむなしき喘（あへ）ぎにつかれはてなむ

愚かしきも富めるもみなひと色のしらじら敗戦の民とさすらふ

加賀百万石のものの厚みやたかだかと城うちたててはばかりもなく

春寂し

民族とふ血の燃えし日のけふよりはすがしかりけり乏しきままに

民族の自負もちしむかしを思ふだにさむき春日（はるひ）も温（あたた）まるごとし

世わたりの彩もしらぬまに人生の終りまで生きぬきぬ夫を頼りに

民族のほこりえもたぬ一人かわれも雑踏の街をうろうろあゆみ

一ポンドの毛糸買ひたしと冬すぐるこの境涯にゐてなほ死を怖る

池の辺の猫柳の芽さえするどく水底に沈む空の青さと

愚鈍なるわれをさげすむ如くにも雄猫ゆっくりと足もとよぎる

救はるるものなき悶えにつかるれば庭の梅すらしらじらとみつ

泰山木

朝のまを花のいのちと泰山木はもろ葉あつめて花支へたり

泰山木は大いなるかな朝の花光りはなくてただに澄むいろ

朝さきて夕べ惜しみなく花散らす泰山木よいさぎよき誇り

大いなる花弁おしひらき泰山木の花はゆれゐる朝風にしろく

つゆの雨泰山木にふりそそぐこの夏もまた餓ゑをなげくか

葉がくれにこもりて白く花たもつ梅雨にぬれそぼつ泰山木は

朝かげにま白にしづむ泰山木の花とゝのへて八重葉の上に

満州大使館の廃墟

支那大使の小姐(シヤオチエ)が師の礼をわれにせし五譲(じよう)ゆかしきも勝ち国のとき

支那大使の小姐がわれに学びたる日本ことばは唾棄（だき）のたぐひか

日清の戦ひし敗北われにかたりこゑあげて泣きし小姐（シヤオチエ）やいづこ

族滅の難もしのべとふ世を生きてむなしさや小姐の容顔おもひいづ

勝ち国の面魂（つらたましひ）さかしらなりし小娘のわれを師と仰ぎしあはれ小姐

眉ほそき亦太太（イイタイタイ）がなよらにもあゆむ纏足（てんそく）をわれさげすみしか

荒涼と鳩舞ひ下りて大使館の廃墟の庭にわれとならべり

春嵐すぎゆくところ焼跡の砂塵と鳩ともつれとびたてり

街の歌

敗戦直後、食乏しく荒さめる

かへり急ぐ夕やちまたの埃風(ほこりかぜ)血まなこの人らが十字路わたる

あながちになにを求めむ敗戦国に亡びゆくものの数かぎりなく

建ちなほるこの国の年月思ふさへ愁ひはとほき死へのつながり

国建たむいく春秋(しゅんじゅう)をたへゆくは人力(じんりょく)およばぬほど長からむ

血相かへて夕帰りいそぐ群衆にまじれる自分(われ)の表情にきづく

雑沓の隙間より入り来し個愁(こしゅう)かもやりがたき念(おも)ひに街なかあゆむ

夏

夏にむかふしめりもつ風にもまれながら飲食店の前の人だかり

男をんな叫びあふ街のゆふまぐれわれも一人と家路をいそぐ

たかぶりて人ら急げる夕ぐれの日本橋どほりの喫茶店明るし

肩すぼめゐならぶ店舗をたまにきて敗れし国の今をゆく末を

果物屋の前をとほるときいま別れし人みな美しと思ふなりけり

極彩色(ごくさいしき)の女の服装にまなこくらみとほき世をこそわが恋ひわたれ

白夜(はくや)

水平線の横雲あかるめど伊豆の海よりなほ暗き岬は葉山なるらし

葉山にいでますらむか天皇陛下はわれらを越えし苦悩の日々を

現(いま)の世に生きあふゆゑに天皇陛下の御苦悩わが知るつぶさに強く

いつのまにか月ものぼりぬわが思惟に浮びくるものみな悲惨なり

若きらが月の出またで死にし日の消ゆるなき雪を光(て)らしし白夜(はくや)

孤影

極東に埃なす国のたみといへども育ちしわが日にあかるさありき

極東にさかゆる日本ぞとたたへし日のわが青春はむだにすぎしや

秋はやもすぎゆく雲かゆふ空に彩(あや)なして明るよわが胸にしみ

いかなれば秋をさびさびと雲ゆくやこころみだれてわがある日日を

個に執(しふ)しなげきはてなきあけくれを月夜はさらなりちぢの思ひに

秋の柳

黄柳(くわうりゅう)のなびく街ゆけば国辱とふ皮膚にしみつく見るものことごと

野分すぎてなほ吹きあらき街角に見るを怖れてわれは眼(ま)ばたく

濁り江の橋のたもとに女らは誰をまつといふかけらくはてなく

月の夜の光すらみえぬ濁り江の橋のらんかんにたはむるる女ら

必定(ひつぢゃう)は自己安楽を恃(たの)めるわれか落ちゆくものを見じとひたいそぐ

砲弾が国土いためしつひの日すぎて裸身(らしん)さらして恥しらぬ人ら

秋の風寒寒われに容赦なくともあへてひとりゆく個愁まもりて

靄（もや）ごもる月夜は庭の樹樹くらく思ひはてなしすぎしもいまも

垣内（かきうち）の木槿（むくげ）散りすぎ秋さりぬ友まつことも絶えてなかりき

月冴えて庭土ほのぼの光（かげ）うるみ平らぎの世のありがたきかな

秋蓼

夏よりは老（ふ）けしいろなれ群れ咲く蓼（たで）のあかねの雲に映えておごらず

しじみ蝶穂草（ほぐさ）の上をもつれとび秋の日ざしもはやふけし思ふ

蓼の花ひそひそ咲けるを蜆蝶（しじみ）こもりつ出でつただにもつれとぶ

庭の面（も）にかたよりむれさく蓼の花わがひと世とも惜しみつつゐる

老い咲ける蓼（たで）のひともと引きぬきぬ心せかるる思ひせんなく

秋ふけし穂草にまじり咲く蓼の虔（つつ）ましさ蜆蝶ふたつもつれて

喘（あへ）ぎつつ生きてしるしなき敗惨（はいざん）のわが世とや強ひて死もえらばずに

恥も知らずさかしらに世わたる大方を幸ならむと夜ごとのいねぎはに

昭和二十一年

上目黒仮住み

焼かれし家いまは惜しまねど移りきて門（かど）の草群（くさむら）けふも刈りほす

おどろなす門（かど）の小草（をぐさ）の穂となりてただに侘び住む罹災してより

野放途（のはうづ）に荒れたる庭の夏木立月も通はぬと夫（つま）に嘆きつ

月冴ゆるこよひは雲のゆきかひのはや秋づくと夫がいふかも

白さうび庭の草むらにひとつ咲きぬ珍らしく豪華といふこと思ひぬ

あさあさを夫がいでゆく門（かど）のべに草つげの花しらしら咲けり

萩さけば見やすからむと縁にたち荒れし庭の面（も）みつつ夫（つま）がいふ

垣内（かきうち）に木槿（むくげ）さく家に移りきて朝夜ふたりのたつきやすらふ

移りきて再びなじまむとする隣りぐみの主婦ら思へば暑さこの上なし

疲れたる身をし劬(いた)はるときをなく宵月澄む夜はしばし縁にゐる

配給の米の乏しさをいひつつも木槿鄙(ひな)さび咲けばわが眼たのしむ

い寝(ね)しなに湯殿にかがまりもの洗ふわざにも慣れて身は疲れたり

配給の順番争ふ主婦らの列あつさたへゐる月番のわれは

メリケン粉髪にかぶりつつ驟雨(しうう)にぬれ何時間(いくとき)まちけむ配給当番

公務員の土足に踏まれし木綿袋の口ひろげて貰ふこのあさましさ

のち生きて語る日もあらむ木綿袋にメリケン粉貰ひ驟雨にぬるることも

秋

旅ゆくと夫が朝餉の膳の上八重山茶花はしみてましろし

われをおく旅とおもほへいでしなに風邪をひくなといひ給ふなり

縁先きに小畑（こばた）ひらきて菜を蒔きつ食（を）すときもまたずまた移らむか

一つ家に他人と相住み冬もさりぬ国調（ととの）ふを何時まで待たむ

これの世に恃（たの）むべきものなしと知る愁ひはふかし春ゆくさむさ

何すれぞこの国寂（さみ）しと歌うたふ山野（さんや）は四季の花咲くものを

猫柳花ともみえぬ花咲き盛り生きつぐ一代（ひとよ）のしるしをみせて

さ庭うづむる雪はいくにち消（け）のこれど春の明りのそこはかとなく

春めきしさ庭にけさは駒鳥（こまどり）が柳の花とあさかげにゐる

庭さきの小畑（をばた）の初雪きえゆきて朝より雀ら土にあそべる

頬白鳥（ほほじろ）が二羽きてあそぶ昼さがり風邪にこもれる夫もいでてみる

奈良の春

などかくもうつつにしみてもの思ふ山桜ちりしく東大寺のみち

ゆゑしらぬ思ひたへつつ春日野をすぎて日むきの浅茅が原へ

山桜わがゆくみちに散りしけば古鐘（こしょう）の音（ね）さへ春無情とや

花吹雪奈良はうつつの夢にして孤独といふもげにこのこころ

あゆみとめて東大寺の鐘をきくいまは嘆きわすれて個に執（しふ）すなり

春愁とはすでに古りしと面（おも）あげてまむかふ春日（かすが）の山ざくら花

奈良公園につどへる人みればゆく春もなごりと思ふ国やぶれたり

はらはら桜散るなり東大寺の古鐘（こしょう）の韻（いん）にたへぬごとくに

寂寥をこらへてわがゆく登大路（のぼりおほぢ）を進駐兵のあゆみ清潔なり

進駐兵わかく清潔に奈良公園をあゆみゐるなり春のくれがた

建ちなほる国かと嘆くはわれのみか馬酔木（あしび）むれ咲く花むらかげに

相模川行遊

相模川のしがらみ越えし瀬をはやみ鮎子（あゆこ）さばしる秋日に透きて

しがらみの瀬ごしの水の音すみて鮎そだつなり相模大川

絶え間なき水瀬（みなせ）の音は秋さりて澄みとほるなり夕づくころを

みはるかす稲田青みて秋の陽に穂にでる前のゆらぎゆたけき

秋の日はすでに没（い）り方と静もれり稲田はかすみに包まれそめて

荒瀬なす流れに鮎つる人の面（おも）にようしやなきまで秋日照らせり

没（いり）つ陽（ひ）のあかねの雲と川の末いづれ遠遠（とほどほ）なりふり返りつつ

丘の上ゆみかへる川べの家むらは青田のはてにもやごもりたり

昭和二十年

罹災　　昭和二十年四月十三日夜

隣り家は早や焼けおちたり壕をいでて煙りに巻かるるな呼び交ひ走る

つむじ風火まじり吹きつくる避難場に桜散りくるに心とられゐつ

火煙にむせつつ見上ぐる八重桜街焼かれゆく炎に照りいだされつ

ほのぼのと明けゆくみれば夫とわれいのちありけりリュック一つ負ひて

夜のほどろ爆撃の炎もうすれしを家にかへらむと思ひしたまゆら

小石川焼野となりしわが家の余燼ふむなり本はいづくぞ

燃えしそのまま本の頁が春風にふるへゐるなり取れば散りゆく

防空演習バケツリレーと顔荒らげし隣りの人もいづちゆきけむ

雪の夜を劬(いた)はりあひつつ飛行機が来ると外(と)に立ち尽ししひとら何処(いづく)に

東荻町にて

公のなげきに終始ありなれて立春の豆まくこゑにおどろく

ぼたん雪そらより暗くみだれふる飯(いひ)たく煙りにむせてはあふぎ

春あさくふりつむ雪は樹樹に花さき久しぶりなる豊かさにをり

白妙に雪はふりけりわが植ゑし庭の葱の芽はつはつ見せて

風なぎて雪しろたへに庭のくまくま夜のほどろのひかり沈めて

庭樹樹の小枝(さえ)のあは雪おのがじし形はありてあやふくたもつ

咲きいでし紅梅につもりし朝の雪かぜのなければしろたへ重く

霜柱くづるるかげ鋭(と)し昼すぎの上野山下を歩むみちのべに

上野山をおろし吹くかぜに池の小鴨は足掻(あが)き見せつつ羽交(はが)ひ調(ととの)へ

爬虫類の殻(から)ぬきすつるたやすさにぬけいでて崇(たか)き術(すべ)もあらぬか

☆

昭和十八年

ふるさと

ふるさとの土堤(どて)に咲きつづく金鳳花(きんぽうげ)ただみるのみに心はふるふ

魂(たま)たかく喘(あへ)ぎもとめし故里よけふ見れば愛情あふるるばかり

杳(とほ)き日の母ありしごと柿若葉にほふばかりに家をつつみて

母が住みし低き軒のへ靄(もや)ごもりこの虚しさやひとり帰りきて

川戸堰(かわとぜき)に湛(たた)ふる水の面(も)は春を澄みてわが哀愁をやさしく映す

若き日のひたすらなりし故里よその日の嘆きはけふにつながる

空たかく魂のこゑは若きわれを鞭うちやまざりしふるさとの姿

さつき

やはやはし瑞葉(みづは)がうへのさつき花とぼしく咲けばくれなゐまさる

庭すみにさつきの花のふふめるはくれなゐにして春ゆふつかた

あさあけの庭のさつきはみづみづし夏くれなゐのひかりにぬれて

露ふくむさつきの花は散りがたのくれなゐにすけり瑞葉の上に

花すぎし庭に一本のさつきありてひとつ咲くいろのましてくれなゐ

秋づく雲

国守るこころ極まりてわがあるを秋づく雲のはや高きなり

たたなはる青垣山(あをがきやま)のいろふかくわれらいちづなり国まもりする

白蓮

散りがたの白きはちすは夕風に耐へ耐へてゆるる茎だちの上に

見わたしの池に蓮花(れんくわ)は咲きみちつ花のをはりを散るはま白し

吹きとほす風にひるがへる広葉ぬきてほのぼのとしろしはちすの蕾

みづみづし茎だちたかく白蓮(びやくれん)はゆふやみの池を咲きうづめたり

明日(あす)咲くとつぼむ花弁に力ありゆふ風あらき広葉をたかく

つぎつぎて咲くとつぼめるに唯一花(ただいつくわ)ちりすぐるかなや岸べの白蓮

散りすぐるあなやひとときを白蓮の花弁おしひらきま白にぞ澄む

昭和十七年

樺太　１　昭和十七年　　いまはすぎし日の思ひ出

樺太へ往くと決めてのちまた迷ふこの消極性ぞわれを支配す

曲りくねりしひと代のさまを振りかへる樺太の旅をおもひ決めしとき

北見を筆名にしつつその国を知らず　けふ樺太にゆく、即ち途上にて

北見の国のものみな清らなるに心ひらけ夢のなかなる朝(あした)息づく

九月はじめ既に陽はとほく霜おけど神に応へて清(きよ)し北見国原(くにはら)

わがひと代に思ひみざりしこと遂げて宗谷海峡目路(めぢ)にひらけたり

地上に植物のみがあるさまは肝に銘じていさぎよきもの

わが乗る船ひとつ浮べて寂(さび)いろの海はつづけり千島よりまだ北へ

樺太　2

育ちあへぬ麦植ゑて待つ人の眼に薄雪草(うすゆきさう)も咲きいそぐとや

浅瀬澄む水岸(みづぎし)つめたく小屋造り住み古る人か国とほく来て

露霜に消(け)なばけぬがの生き様(さま)よ銀狐(ぎんこ)の柵にひそひそ家をならべ

オホツクの海くらき岸に燕麦(むぎ)うゑて刈るときまてば陽(ひ)ははや遠く

時すぎて実に成らぬ燕麦（むぎ）なにすとか秋日を寒く刈り急ぐひと

北緯五十度の海添ひにうゑし燕麦（えんばく）の実にならぬまま冬たちかへる

オホツクの潮鳴りさへや挽歌とし面（おも）おし伏せてむぎ刈る老人（おいびと）

北の果（はて）焼野の原の海ぎしに小狭田（をさだ）つくるも人のたつきか

樺太　３

おし照れる真陽にすら暗きオホツクのいかなれば磯生（いそふ）のフレップ赤き

北海の潮けむりくらき磯に咲く岩香蘭（がんかうらん）も花はでやかに

ゆゑもなくこころ温かにオホツクの海に向ひて石ひとつ投ぐ

フレップは掌に赤しいふ甲斐なき一代なりともいのち結びて

オホツクは秋の日くらく洋洋とつかみどころなきわが代にも似て

秋夕べ大いなる虹たち消ゆるあたりはロシヤにかあらむあこがれもしらず

ロシヤに跨がる虹ならむと思ふさへまことに家を遠き旅なり

原住人が相寄りむつむとふオタスの杜いまのうつつに渡りゆかなむ

小学生が地図ひらく思ひにオロツコ・ギリヤーク族がむつむとふ杜を中洲にみつつ

川の水ゆたかなれどもわがまなこ遠きロシヤにしばし遊びつ

忘れゐし世界歴史をくりひろげここよりさきはわが国ならず

秋さむく杜を明りて落つる陽のそのみじかきを生きつがむ人ら

雨あとのさ霧こもらふオタスの杜見しこともなき人・家・馴鹿(となかい)

オタス

幌内川の洲幅ゆたかに住み慣(なら)ひギリヤーク族の子ら話すアイウエオ

何気なくオロッコの児(こ)抱(いだ)きしが笑まふ見ればこの種族らの裔(すゑ)に思ひ至りぬ

夕霧の杜にながらふるなつかしさまた来ることなき眼にしみて見る

ギリヤーク族の児をわが抱きて何すとかほのぼのと心ゆたけくありし

オロッコの児いだけば母親も笑がほせりこころ通はすこの天(あま)がしたに

をとめらが日本着物きて板の間に横膝せりけり明るき顔に

年問へば十（とを）と答へし子がひとみつひに亡ぶる種族のいろか

亡びゆくこの子らが末を思ひみる杜ふかくあゆむツンドラ湿地

国籍のなき人人の生きざまもわれにはまさる清（すが）しさあらむ

丸太造りの家造り住み古ることもなく死にゆく種族が児を愛（いつ）くしむさま

いつの世の親ごころぞや子が柩樹上に吊していまは苔むしにけり

東海岸より西海岸へ

貪欲に焼けはなたれし樺太広野（くわうや）登る陽とみしがはや傾きつ

駅馬車が街をゆくらし朝飯（あさいひ）なければ部屋にこもりてさえざえときく

鳴く虫の棲まぬ樺太の秋の夜を天地渾然としてわがひとりゐる

ななかまどつぶら実の房となりその葉さへ妖しきまでの紅（くれなゐ）の耀（かがや）き

原始林にひとときは赤きななかまど群房（むらふさ）ゆれゆれ陽に耀ける

手井川の浅瀬せきとめてみづみづしアイヌのをとめがもの洗ひゐる

山もとの水にもの植ゑさむざむと庇（ひさし）を土につけて住む人

実にならぬ麦を刈り干し子に孫にその一途（いちづ）さのあはれは言はず

春夏のけぢめも寒き樺太にて祖国かなしみ鍬うつひとびと

春秋の花をいちどに菖蒲もまじへ咲きいそぐらし樺太の夏を

丈なす蕗は群生（むらお）ひしままはや枯れて樺太の峡は夏さへさむし

葉をおとしてのちを継ぐ芽は霜おきながら寒き太陽にひかりつつゐる

灰色くらきオホツクの海は荒るるとも夏さむきあはれをいつか忘れむ

梅雨どき

省ること更になき日は肉体つかれて顕ちくるものの蜃気楼なす

戒めつつ自（みづか）らはありと思ふにぞ誰（たれ）はばからぬ人のともしさ

博物館を見渡しの広場にかげなすは梅雨にすくみゆくわれひとりなり

枯るるものみな枯れてのちやむ雨か秋雨はけふも土にしみふる

木の間よりはつはつみゆるくれなゐの蓮花（れんくわ）はけふの眼を楽します

奈良　——馬魚——

水に棲み草食（は）む馬魚（ばぎょ）の振りをかしはめをはづしてここにも生くるもの

眼（め）の下の池の濁りに泳ぐ馬魚草食むといふは死よりも寒し

龍松院

剣（つるぎ）のごとあやめ葉の反りの雄雄（たけだけ）と花ひとつこもりて紫くらし

あやめの花ひとつさきいでて雨にけぶり庭を飾れるは百花（げ）にまさる

東大寺の鐘の音(ね)あめ夜をふるへきてあやめ一りん華華(はなばな)しけれ

濁り江にひとつ咲きたるあやめの花雨になやめるはこの上なくやさし

大和路

額田辺(ぬかたべ)の長道(ぢ)あゆみつつ目もはろに霞める三輪の山を見るかも

大和路は春田鋤(す)く人もまれまれにあくまでとほき山のつらなり

道のべの草生(くさふ)温(ぬ)くとき大和路や金剛葛城(こんごうかつらぎ)目にはかすみつつ

草笛を友はふきゆく雲雀あがりて大和の国はおしなべて春

赤松の疎林(そりん)あかるき岩根のみちをかくし登りけむむかしの人も

磐の根をよけし小笹(をざさ)にわが衣(きぬ)の触れてささなる春の耳梨

赤松の樹下(こした)あかるき耳梨山とわたる風の音にもいでず

鳴きあがる雲雀のこゑや耳梨と傍畝(うねび)のあひのわれらがあゆみ

下草(したくさ)にしみてはふれど春の雪の浅茅ケ原に花とみだるる

四月の雪はあたたかし春日(かすが)の嶺(ね)より大(おほ)にふりくる旅なるわれに

当麻寺(たへまじ)が伝説つたへし塔ふたつ春樹(はるき)がくれにものさびとどのふ

春樹洩(はるきも)り塔にさす陽のゆふづけば丹(に)ぬりあかるき当麻寺(たへまてら)なり

若き友ら卒(い)てゆく当麻路(たへまぢ)の春陽(はるひ)ざし目路(めぢ)にたのしも塔ふたつみえ

磐之媛皇后御陵

人恋ふはかなしきものと平城山にもとほりきつつ堪へがたかりき

古へもつまを恋ひつつ越えしとふ平城山のみちに涙おとしぬ

初瀬川

初瀬川しらけ濁れるしものせは瀬枕こゆる音ひもすがら

名張へのぼる山路のしたごもり初瀬川しろし夕づくままに

妻恋ひにゆき通ひけむ初瀬なる道のくまみに淀なす川瀬

春あらし吹くともなきに音を絶えつつ落ち流れゆく初瀬の棚田

鳳仙花と雀

しづこころ人に侍りて時すぎぬ松の葉もれて草にのこる陽
時を惜しみ人としてゐる庭に来て日向の砂にあそぶ雀子
さりげなく語りつつをりうらごころ去りがてにして時すぎにけり
手ふるれば土におちゆくしたごころさりげなく人とゐて散るよ鳳仙花
しばしだに人とあらむと思ふにぞおつる夕陽は花にあかるし
夕映えのかがやきうつる庭のくま雀と花のあかるひととき
うらごころ人にしらゆな陽だまりに雀あそびて音(ね)に鳴かぬなり

陽だまりに咲きのこりゐる鳳仙花ひとりならねばみるに花やぐ

昭和十六年

信濃抄

穂高見命（ほたかみのみこと）の神が平（たひら）の山高み秋のしぐれにあふぐ焼岳（やけだけ）

かくしつつ冬はや至るらし時雨ふり霞沢（かざは）のみねは明（あか）る夕の陽

奥穂高をしづかにくだる朝日かげ上高地平は雫ふるおと

きその夜のしぐれは雪とふりけらしあふぐ穂高ははだら初雪

河童橋（かっぱばし）の露霜（つゆしも）ふみゆく音（おと）さやけし奥の穂高はかがやく朝日

見はるかす信濃の山や蓼科（たてしな）のかすめるみればなじかひとおもふ

ここにたちて信濃なつかしむ人らあり八ヶ岳ぞとわれに教ふる

そのふもとを過ぎて来にける離れ山矢ヶ崎山よりはるかに低し

かへり路に訪はむと思ふ友があたり鉾杉（ほこすぎ）むらにたちかくれたり

六里が原おしなべて生ふる浅間葡萄はな咲きみちてゆるる高平（たかひら）

浅間おろしふきつのるらし生うる葡萄の花さきゆるる蔓（つる）なし葡萄

浅間山晴るる日まちて告げやらむ夏雲わきて雨ふる多し

あひ逢へばたのしからまし遠山にゐる雲しろく光る夜ごろを

蓼科の裾のなだりにゐる雲のひかる月夜を小諸へあゆむ

蓼科は雲さらになし去（い）にしひとがけふけふと待ちしその山の姿

雲ゐるとかたみに見しか浅間嶺（あさまね）にのぼる煙のかたなびく夜夜

高原の水の音する野路あゆみほしいままなり月と山と雲

甘草（かんざう）の花咲く山路ゆきもどり故なきことか思ひたへぬは

はるばる遠きわたりの蓼科やかすめる夜夜をひとりみるかも

夕されば浅間を高き雲居ゐてあかねさす陽に山を染めにき

浅間嶺をわきいづる煙は夕雲のあかねのいろに焼けつつのぼる

秋づけば雲居ぞたかし浅間山ゆふべは煙とともに焼けつつ

あふぎみる浅間山晴れて雄雄し（たけだけし）大いなる白の朝雲まきて

なみよろふ山を圧（あつ）して浅間嶺は天地悠久の雲はくごとし

朝雲の横たはる高嶺あふぎゐる地上の雨はまだしづくせり

浅間より音なくふりくる火山灰かぶりつつゆく追分のみち

細細と大角豆（ささげ）生ひたり火山灰地にあふぐ浅間は晴れて灰ふらす

熔岩のみちをはさみて火山灰畑におほくは蒔かぬささげ花さけり

火山灰地にやうやくのびしささげに花さき信濃追分はさびて夏すぐ

信濃の山あめに煙れど佐久の草原霜にやけゆく季（とき）のかなしく

佐久の平のただあはれさや八千草の秋おく霜に焼けてはてしなし

千曲川の上（かみ）つ瀬音か佐久の平の秋霜さむき草生（くさふ）ごもりに

老（お）い叔父が杖あげてさす乗鞍嶽（のりくらだけ）は遠嶺に晴れて雪ましろなり

背（せな）まるめ叔父のあゆみや四賀村は湖（うみ）よりかがやきてあかるき秋日

ゆふ昏（くら）む湖上は鳥のかげゆれて木曽御嶽（おんたけ）はいまだ陽を負へり

甲斐

狭間路（はざまぢ）の雪夜あかりに水車音（おと）にもたたず凍（し）みつつまはる

甲斐びとがあふぎ恋ふらし山高くみねのしら雪月に照りつつ

甲斐の国の山河草木(さんかさうもく)凍(し)みつきて眠れるごとし月夜あかりに

睦月なかば甲斐の水田は凍(し)みとほり月の夜のふけの国こほるがに

高山は雪あかりして月夜なりまして澄めるは八が岳なり

たか山の小倉(をぐら)の嶺(ね)より水ひきてヤマメ育つなり甲斐の国原

ほととぎすなくねききつつ山ふかき谷川の瀬瀬(せぜ)ひとは渡るか

山吹の岸にみだるる谷川にヤマメ育つとふひとの送れり

百日紅

百日紅(ひやくじつこう)ちりて夏すぐる炎(ほ)むらだちすさまじければむかしの人思ひいづ

愛憎(あいざう)にいきまきし時も捨てざりし歌心(かしん)のごとし燃ゆる百日紅

昭和十五年

寒月

真昼空(まひるぞら)に寒月(かんげつ)あはあは陽とならぶけふをすごして省みなくに

霜柱しづかにくづす雨の音双調(さうてう)の楽とひとりたのしむ

早春

高木原(たかぎはら)あふぐ大空は春されど国のあゆみを忘るるときなき

こもりくの春の岡辺（をかべ）の高木原ここだ小鳥ら日向（ひむ）きの枝に

とるに足らぬ自分の力量と思ふけふほどの嘆きは知らず春のひと日に

この人らの傍若無人を諾（うべな）はむと庭に眼をはなつ馬酔木（あしび）・青木・楓の冬木

横山の冬樹（ふゆき）がしたの淀みればすぎ去る時を手繰るおもひす

或夜

投げられし笑顔とらへて夜のちまたにその瞬間を楽しみあゆむ

人間の性（さが）の弱きは罪悪か省みるさへ愧（は）ぢて寝につく

寝につけば思ひ極まらむか　灯（ともしび）消（け）してやみの音（おと）にも融け入らむとす

文字が投げし炎の魂(たま)よつくづくとほところに入れてなでつさすりつ

葛飾

雲のひかり妙に彩(あや)なす空のさま地に生くる身の夕べかなしむ

人と人あらそひやまぬ時すらもあやしきまでに雲は彩なす

その愁ひいまにつながる思ほへば生きぬきて来(こ)し女のひとり

榛(はん)の木に椋鳥(むくどり)わたる葛飾に嘆きし思へばながきとしつき

接骨木(にはとこ)の芽のいづる春にをとめとなりて人の世の嘆きをはや知り初めし

思ひきりものもいへぬ世にありかねて消えむとおもへわがいのち燃ゆ

人間ゆゑにわれはつつめり焦らだちをさながら声になきゐる葭切

わが夢を死の後にかけて生きつぐをうちに識りつつ険しさはいはず

白夜

白い死を独りの旅におもひにしその夜にも似て月照りかがやく

月の夜の庭樹みなぬれてみづみづしかかるゆふべのわれにもありき

入り方の月まだあかる夜をおきて愚かしき幸福われは思ひゐし

愛憎のふたつにかかるわが生きざま入り方の月みれば浅ましかりけり

菊の宴

池田寅次郎博士邸の菊の宴

菊棚に傾く日ざしさしそひて八重咲きの白はあたりを払ふ

あかねさす紫の菊ひと花は咲きくつろげりその花むらに

大輪の白の花弁に陽かげさし誇りかに見ゆるよひときはたかく

季(とき)をえてほしいままなり八十の菊黄金の花は眼につく八重咲き

咲き足りてあるがままなる八重黄菊花弁のみだれただらうたげに

六義園

紅の八重山つばきは岡もとの茂樹がなかに寒を咲きつぐ

丘の上の高木はすでに芽ぶきつつ鶺鴒まなく枝うつりなく

片岡の日向きのしげき木のうれは早やも芽ぶきて色にきらへり

山吹の咲きのみだれにあさ日さし春樹がしたのあゆみあかるき

嘆きつつ暮れゆく丘をもとほりつ小松が下の春草ふめり

暮際(ゆふかげ)の草ふみしめてたち嘆く丘の根笹をふきならす風

人のこころにかかづらひゐしか短か世のいのち尊く生くべかりける

星

なにげなくけふを逝かしめて悔はなし火星は空をわれと共にあゆむ

あすよりは堪ふるいのちぞいきの緒のみじかき逢ひにありし明星

紛れつつふと忘れゐし楽しさやきのふと同じ火星は光度くらし

はやて雲あめおとしゆく絶えまあり遊星さながら輝きはしる

悔ゆるとき来るともよしや天地にこの人をこそわれは恋ふらめ

宇治川

岩淵を渦巻き流るる早瀬なり岸に舟よせこぎたみのぼる

青淵の渦巻く川に舟こぎて明日は別るる友とあそべり

山峡をここに流れきてゆたかなり宇治橋わたる五月まひるを

川上は青き水瀬にたてる波宇治橋わたるこころをどりて

九十九里浜

沖はるかに荒れて波たち水平線日の出ちかくしてうみどり飛べり

あさもやの流るるはやし九十九里や磯のなぎさに日の出をまてば

わだつみの太平洋にまむかひて砂浜しろし九十九里なり

沖つ波みるにはるけし思ふこと五百重へだてわがなりがたし

網引くと時まつ人ら集れり朝もやしきりに流るるなぎさ

虔心

木のうれの微動だにせぬ雪ふりてけだしや思ふみそかごころか

寒あけていまだものこる雪のいろ人をまつ夜のしづこころなし

一人ゐてたのしと思ふときすらあり雪消のしづくの音かぞへゐる

想雪譜

むら山に雪ふるみればわがこころおき忘れたるうつろさにあり

幾山のはたてあかるき冬草山となりの国かけふを晴るるは

なほざりにこの世生くべしや北国の雪にうもれし山山のすがた

人なみにスキー穿き山のゲレンデにやうやくたてば吹雪ながれくる

むらぎもの心こらして滑らむとそのただひと時の空虚さ恃(たの)む

雪のしたびこもり流るる沢の水下田棚田の雪を消ちつつ

ゲレンデの雪とけそむる春されば山葵(わさび)とるといふ沢の浅瀬に

棚田田圃のあぜの小径(こみち)の雪くらみ沢の水かも澄みあふれたる

若葉と小鳥

若葉の木どよもしすぐる風ありて樹海はひくき谷の間にみゆ

雑木山の樹下あかるき若葉風たへぬ思ひは人にもいはじ

百小鳥しばなく山路ゆきもどり恋ふるこころのすべなさいまは

かかる日をひとりあゆむか鶯の谷わたりほけて若葉ゆるるに

須走にてあふげば富士はましろにぞいよいよ尊く高き山かも

コガラ・ツツドリ深山ごもりにしばなけばなほしわびしと人思ふなり

つつじ花盛りの山を疲れきて鳴くほととぎすきけば嘆かゆ

若葉木にこもりなきゐるもも小鳥ましてあはれなりセンダイムシクヒ

友とゐつつこころは空しいく山のかげさへみえて月の夜くらし

子夜なればおぼろにくらむ月の光（かげ）やま水のおとしのびかにする

おぼほしく月ふけゆきてみわたせば真白き富士は雲をぬきたり

富士の峯はいまだ真白し六月の風いたりつつあふぐ夜空に

露ふかき朝山かげの二人静つまに子にみせむと友らぬきゐる

板垣退助翁銅像

わが父が畑を売り雪舟を売りしはこの人か黒くて堅き銅像見れば面白し

家妻をあなや忘れしとふわが父よいまわが仰ぐ板垣退助の銅像

銅像に手をふれてみつ雨しづく肘につたはりて何も彼もむなし

金銭も子らに賜はるこそよけれ時雨にぬれて術なし銅像は

雨にぬれ赤土の道おりるとき板垣退助の笑ひを感ず

昭和三年

亡き母

父は自由党にうつつぬかして家運傾けて死せり
母六人の子の為、夜昼裁縫の賃仕事して老い死に給ふ

賃仕事夜を日をつぎて六人の子に継ぐいのち生き細りたまひ

時雨れし日単衣（ひとへ）かさね着水くみし母の足もと忘るる日なし

着ふくれてわれら独楽（こま）まはす庭さきを水桶かつぎし母が眼にあり

亡き母がいのち終る夜を鳴きすぎし鷺すらこほし夜空あふぎて

母がこと忘るる日あらむ曼珠沙華さ庭にうゑて舅（ちち）にみするも

母死にたまふ

貧しき都をいとひ、故里、土佐に帰りたき心しきりなれど、
四日の旅路おぼつかなく

足ややにかなひて母は床の上を歩いてみする二あし三あし
左手に褄とりあゆむ病み母の足なみそろはず見つつわが泣く
病み母に旅路はとほし故里の春の野山を恋ふといひたまふ
春の雪またもふりきて母が旅路のいと易からぬおもひ堪へ給ふ
故里にかへる日たのむ病み母のおとろへしるく夏さりにけり
おとろへし母の心にふるさとの庭の秋萩おもはすあはれさ

門のべの桔梗さくらむふるさとの我が家の秋を恋ふといはすも

夫と子の奥津城(おくつき)おきて国とほく死なむ日思はす母よわれは堪へつつ

明日の日を別れゆく母よいまさらになに語るべきただにまもらむ

み命のなごりの惜しさ蚊を追ひてひと夜だけなる母と明さむ

父の亡きわれら六人を手ひとつにそだて給ひし母死にたまふ

窓により母が楽しみみし竹の葉のやや明るくけさ晴れわたる

晴るる空まちわびたりし母なりし起しまゐらせ見するいまはに

青空に映ゆる若竹ともしけれどそよぎ明るし母よ眼をあけて

窓あけてみせまゐらする竹の葉は風にふれつつ音かそかなり

わが支へ見する竹の葉はおんははの生きのいまはの瞳にうつる

かへらむと言ひつぎし母は故里におもひのこらむいまはの際も

再びを言交はすべき時すぎぬ窓をもれくる若竹のそよぎ

現し世をわかれていなむおん母よ子ら泣く顔を見れどもの言はず

母死にて竹のそよぎのあかるさをわれはみつつなくわれはひとり泣く

母ありし故郷の家の牡丹桜さきて散るらし山かげにして

背戸の片山なだりの山桜みつつむつみしはらからもとほし

世の母はたふとくかなしあ子いつくしむ心はつひの神とかよへり

※当初予定していた第三歌集名は『素秋』
※収録歌数は四〇〇首

第三歌集『珊瑚』

（新選短歌叢書28）

昭和三十年二月一日
長谷川書房　刊

冬至のころ

素枯れし庭の小菊にこの秋は時雨ふりつぎて小綬鶏も見ず

寂しさはつひの日までも堪へゆかむ小菊素枯れし庭に下りたち

逞しき庭樹のあひに紅梅がほつ枝ばかりぞ花つけてをり

小綬鶏も来鳴かずなりて冬去りぬ庭の小菊もただ寂び寂びと

ガラス器に菊の花いろいろ挿しあつめおもひ温かければ人も疑はず

白の小菊ふるさとの野山咲きうめし明るき思ひ出は年の秋々

ふりつぎし霖雨のあとのゆふの苑菊ばかりなる季もゆかむとす

寂しさは世の常ならむ友の言葉うら染むものを乱れ咲く菊みれば

芥子の花

毒もてばあやに美し魔術の花芥子は紫のしべをまもりて

くれなゐの花弁なよなよとふるはせてしかも毒もつ花の表情

うちに秘めし毒汁あればこそ惜しみなくしいゝなもみするか芥子の花びら

隙間なくおのれ誇るらし毒もつ花の誰にも見する時々の姿態

眉ふせて媚ぶる少女にもか花びらをあやにしなへて芥子は毒の花

窓をふく風すら堪へぬがに媚みせてあてに咲く芥子の花をこそみめ

芥子の花机上に挿して毒を秘むる人らの心によせて楽しむ

ジエスチユアを心おごりに花と咲かせ病めば悩めばしかもくれなゐ

力の限り咲きてゆふべは散る芥子をいのちの際にわが思ふべし

いまはとてか蘂をかこみてふるへつつしぼみゆく芥子よゆふ光あはく

花弁散りて裸身となりし芥子殻はのこされしものの寂しさみせて

ゆふかげにあてに散りゆく芥子の花毒を秘めたるゆめ美しく

ゆふかげにひときはさえしがなよなよとくれなゐ惜しみ花は散りゆく

咲きみちし誇りはひと日にて盛衰の早や忘られて芥子はすぎゆく

音もなく散りゆく芥子を凝視するやがてすぎゆく人もわれもみな

秋の庭

秋はやき庭の木末に小鳥きて寂々とありこゑにも鳴かず

駒鳥ら庭の冬木に枝うつる朝日あかるきひとときがあり

十一月の陽にきて蜂が机の上に真手摺りあはす仕ぐさくり返す

月代は街空はるかにほの明るやみ夜に近づく月の出ならむ

月代のほのあかりせし夜の思ひ出も従はざりしさみしさのこる

秋の月ま空にさえて悩みはてなきわがかげ乱れず土の上にあり

うら泣く身のあはれさを言ひつがむ友死にてをさなき涙を流す

甲斐の峡

甲斐駒はゆふべのいろに冴えわたり巻雲まじへし雲しろくゐる

巻雲は甲斐駒の峯にすみにけり雨あと流す雲のま空に

おしなべてもみぢすぎたる甲斐の山々澄みてたかきは甲斐駒ケ岳

山あひの谷に添ふみちを汽車はゆく眼に冴えて愛し甲斐の冬山

小倉のみねより引きて裾野原刈りあとおほむね水たたへたり

岩の上を滑る水流の眼にもとまらぬをけふより外に見しこともなし

淀みては青々と冬陽にある水のたぎつ瀬音は山にとどろく

累卵のあやふき岩の下くぐり人もあも歌うたふ自然の歌を

冷酷に岑巌かかるを仰ぎたり冬木にいささか陽のあたる道に

おしなべてわれに冷酷を思はしむ俯して見る谷の水成岩も

そこつ岩根ただ累々とせくなれどあふれ流るるをみればたのしく

川床の浮岩曝れて珍らしき冬日にぬくく人ら寝ころべり

峻谷とふ昇仙峡を辿りきてわれら住む地底の割れて見えしかと

地上のもののにほひとへだたりて水の音のみに包まれてゐる

大岩の屋根くぐりゆき疑はぬこのすなほさのなほありしかな

思慕

蕗の薹ぬけば嘆かゆ逝きにし友が春まつこころ年ごとなりし

死してのち遺されし憂ひはわが一生の煩ひとはなれ恋はぬ日はなし

なやみ多き若き日の友はてなく恋ほし春の雨ほどうるほふものを

人恋ひて苦しみ語る友が膝にわきまへもなき児がふたりゐし

泣き叫ぶ幼児ふたり我に抱かせ旅ゆきし友のかがやきし日よ

春早き河内野の霜ふたり踏みかたみに愛しと思ひふけりし

死にし友がわれに遺しし春のうれひ生きて相撲たむときなきくやし

友あらば相撲ちたのしむ時あらむ忌日は早もめぐり来にけり

視覚よわりしきはにも告げむ寂しさをいかにか堪へて逝きけむ友らが

華やかに生きし寂しさをつひの日に思ひ見にけむ友死なせたり

三月のころ

蕗の薹ぬきつつ思ふ明日の日を恃まぬ嘆きはいつの日よりか

庭すみに春のみぞれを被りつつ蕗の薹探すこころやりばに

家びとをさけて室(へや)ごもる床の間の白木瓜の花咲きみちにけり

ふるるものみな冷たし外にいでて積む雪ふめり淡雪あはく

ふりはりと芝生うづめし春の雪猫の足あとのつらなりもしるく

庭芝につもりしあは雪ゆたかにてただしろたへと思ひ暮しつ

紅梅のただ一輪のをさなさをしみじみとして日のくるるまで

庭土におとせる木影のこまごまと蕾ふふみて豊かなる揺れ

ゆききにたちどまりみる鬱金桜下枝はなしに空にむらがる

爛漫と咲く花みれば春思濃愁すでにすぎしよはな吹雪する

楊貴妃桜あやしきいろに乱れ咲く散りしける道の上なほ殷懐に

梅の実の青き下かげに思へるは怨念もなき気安さにゐること

葉につつむ梅の青実のほのぼのとはぐくまれゐるわが窓の外に

ゆく春

入院することあり。一日二十時間寝てわづかに四時間起きることを許されて

仰ふにねて飲食するあさましさむせぶ思ひのむらむらわきく

二十時間いねて四時間のわが一日吹雪く桜も眼に疲れはて

ゆらゆら桜の莟が雨にぬるるしよんぼりとわが見る二十時間の寝起きに

わが窓と寮舎のあひのひくき土堤けふはたんぽぽが黄に咲いてゐる

土堤ひくく八重の桜が咲きみだるあわただし起きてむさぼり見るなり

四時間のはじめを朝と起きぬけにまづみる土堤の山吹柿の芽

土堤に咲くたんぽぽの花を童子らが摘みてひと色の青草さゆる

一枝の八重の桜を窓に挿し春のなごりとひとりの病室(へや)に

いね床を訪ふ人あらばけふばかりは散る花さやに匂ふほどぞも

桜花ちる日もまだねて春あらし訪ひ来む人をまつ時もなく

五十メートル程の距離ならむ看護婦らの豪華なる窓の夜々の明るさ

桐の実は風にもゆれず土堤の上にさむざむ春をおくれるごとし

看護婦が髪梳く療舎の窓の下黄水仙きのふより咲きそめにけり

宿舎の壁のしろきに桐の実のけさはゆれてゐる春の嵐に

どの窓もみな灯をつけし夜の療舎を枕かたむけてあかずみてをり

病院にきてより初めて朝鳥がこゑなき交し飛びゆくをみる

朝茶のむこともあらねば許されて起きいづる時が一日のはじめ

目覚むれば唯起きることのみ思ふなる夜昼となき病児の泣きごゑ

母親を慕ひ泣きゐし女童のことときれたりとききつつねむる

看護婦がわれを起すとノックする音はあたりに明るくひびく

脈搏の流るるふるへが背をとほす夜のベッドに身動きもせず

いのち死ぬ怖れ忘れむ病室にさしこむ廊下のくらき灯あかり

食欲のなきけうとさ眼のとどく棚の桜も咲きすぎにけり

ベッドにふかぶかいねて思へるはいのちのきはの楽な姿勢を

わが部屋の畳にすわりし夢にみてひるの目覚めはふつふつ疲れ

病院よりかへりきて

肉体にかかはるのみを怖れしはこの寂しさを忘れゐしなり

内臓のいづれが先きに崩れむか脈搏つ背を手首を意識に堪へつつ

いねて見し病院の桜をかへり来て思ひいだせばみなしろき花

思ひ疲れ目覚めてなげくしびるるほどを口苦く又眼を閉ぢてゐる

溜息をいくたび日にはつくならむ寂しさといふに徹することなく

洗足池畔

貸しボートに赤いセーターの少女ふたり夕陽にかがやく池に浮かべり

蓼の花岸辺にむれ咲く洗足池蜆蝶もつれつつ或は池の上を

ま向ひの樹の間がくれの住宅街池にうつるさへ富みて華やかに

蓼の花むれ咲く岸辺あゆみきて病みあとながき労はり思ひぬ

秋寂びし木草のひかり惜しみつつ落葉のしめりふみしめあゆむ

山菊を秋の初めと瓶にさすふるさとの野山思ふよすがに

秋はやき山菊少し瓶にさし静かならむとすけふのいち日

手折りもつ秋の草花の黄に映えてつゆじめる土におとす濃き影

湛へし水はしづかに岸により秋さびし草のゆるる静かなり

身延詣で

富士川の上つ瀬せきて流るる水の限りしらねど光が細し

垂直の二百八十五段の石段を見あげしのみに女坂のぼる

時すぎしやがの青葉の青々と雨もよふ山をのぼりゆくなり

鳴き澄みし河鹿のこゑに耳すますふた声にしてあとの愛しさ

卯の花のこぼれ咲く崖のした道をいくばく登りて小鳥のこゑ澄む

草蜉蝣

みどりうすき紗の羽根衣あやにたたみ机のスタンドに飛びくるかげろふ

憂曇華のはなとふ卵いく群れ生みつけやすらふらむか草蜉蝣は

みどり薄くあやしさ誘ふ草蜉蝣の灯にうちよりてふるへつつゐる

青衣（しょうえ）の女人（にょにん）のなげき思ひいづ薄羽根妖しくふるへつつゐる

雨の夜のまぼろしなして蜉蝣は妖しく透きとほりわが灯をめぐる

さみだれのつゆに生れけむうすもののみどりの虫よ憂曇華のはな

うどんげのはなを拭きゐる夜の雨をりをり灯をめぐるは親蜉蝣か

夏の夜をおぼろに飛ぶよ草蜉蝣のはかなくかはゆきうどんげのはな

かげろふは朝の障子に羽根あはせ生みの疲れかみどりすきとほり

七月の歌

ドア閉めて会場いづるいまし方の悔をくやしく汗拭きにけり

七月の梅雨のつづきのしめり風悔やるせなくドア閉めていづ

いぎたなく金を欲りせしあと味を夕かへり来し夫をみるまで

浅墓なりし今日のわが身を帰りきてたたみの上に涙たりをり

甘草の緋に咲きもゆるきのふより思ひ乱れて眠りをしらず

甘草は花弁かさねて黄に咲けり七月け長き目覚めの窓に

平泉

肘木の山形の線を見あげ飽かず北国(ほっこく)のはやき日のくれぐれに

軒をかすめおつる細雨(さいう)の銀のいろ赤土山の道に消えゆく

曇り日に沈みてみゆる勢至菩薩眼を伏せ印を結ぶ幾百年

あかしや

いかめしき門札貰ひて平河門をうちに入りゆく朝陽さすみちを

明日も来むとたのしみ下る石ころ道けふにつながる歴史はしらず

書に執せし一日のくれをそらぞらし石につまづき坂下るなり

あかしやの花咲きちれる街頭にふりさけて高し図書寮の屋根

風いでてさやぐ街路樹の黄なる花日暮れのひざしいまだ明るし

夕立は北より来るらし街路樹とわが薄衣の肌ふきみだす

北の空ゆふだち雲に暮れゆけ空あかしやの花ほのじろみたり

夕立の風になやめるあかしやの花散りやまず踏みつつあゆむ

あかしやの黄なる小花の片あかり夕立の雨いまだいたらず

嵯峨野

いくばくの命をしみて旅をしつひとりの夫をただ恃みとし

孤独を惜しめと或時夫が言ひし旅の川面に涙おとしつ

寂しき性をいましめて常いふ夫を四五日離れきて胸あつく思ふ

なにげなき夫の言葉を旅にゐて思ひいだす時まなぶた熱し

北山は雨雲こめて秋さむき嵯峨野は寂しき思ひにありぬ

このあたり虫の音多き夏秋を友は語るなりひとつなくこゑ

あけぐれの石ころのみちをつまづきつつあはれなりけりいつの世も女は

竹群はただささやさやと鳴りてゐる見ることもなき暁の野々宮

ほのしらみ明けゆく嵯峨野よかくて日をつぎまた伝へゆく女のうれひ

さやさや竹群をかよふ風の音そよぎもみえぬあけぐれのそら

単調に星ばかりなる朝の径いく時あゆみけむ闇の野々宮

王朝の乱れといふも思ひいだし星さむく歩むなつかしさのみ

女御とはいかならむ生れか野々宮の黒木の門を闇にすかしみつ

暁の寒き地(つち)よりしみてきぬ薄衣の衿かき合はすしぐさ幾たび

王朝の酸ゆき傷心を思ひつぎあゆむ朝あけをひとつなく虫

樹の上をわたるむささびの声きけば明けまだとほき嵯峨野なりけり

京都を遠くやる方もなく住みにしひとかわれらも同じ空しさに生きて

遁世のわきまへ果なき女性の跡をあかつき暗く歩みゆくなり

竹群のそよぎは重し明け方の野々宮へゆく友ら二人と

隙間洩る落柿舎の灯りは門にたつわが肩かすめて稲穂にさせり

諦念といふは愚かさか落柿舎のあけぐれの風みにしめてゐる

天地（あめつち）にもの音絶えしあかつきの闇にしばしたつ落柿舎のまへ

落柿舎もまだ起きいでぬあけぐれを門にたたずめば虫なき細る

しらみゆく京都の空は濁りたり人群れて饐（す）えし息吹きの層か

朝風の寒く吹ききて橋に立つ友の顔よりしらみゆくここち

ふりかへる小倉の山は朝霧のおぼおぼと夜はあけ放れゆく

琴ききの茶屋と教へし川のほとり屋根ひくく朝の灯り洩れゐる

嵐山の樹々のこずゑの深々と明日へつなぎて決めしひと事

堰きとめてなほあまれるはあはれにて瀬の音たかく流れゆくなり

古都の郷愁

山辺の道すぎてきにけり布留の里はたぎち流るる谷川に添ふ

われら率(ゐ)て友が教ふる石上は梅雨の晴れ間の若葉かがやけり

石神は神樹むらだち山の根に丹塗りつらねて梅雨ごもりたり

神苑の池にしづみし樹々のかげ思ひはかなく遠代にもどる

梅雨にぬれし山辺のみちを三輪山へわが眼欲りする大和平野を

書によみし石上かなや山辺のみちにこころみだれていにしへ思ふ

大和路は水足らふ田中にしろしろと一筋とほりたり平城山へつづく

旅

トンネルをいでてただ眼にしむ陽ざしはや霞しろき野山と思ふ

雲るゐてかがやく海のはてにみえ渥美半島は紅に沈みをり

遠山は嶺のみ明るき夕陽ざし暮るるにはやき岸の浪のいろ

夏の花

朝靄の流るる庭に浮きいでて扶桑花はくれなゐの花咲きにけり

朝澄みてくれなゐ高し扶桑花微動だもせず極まりて咲く

一本の蘂のそこのみ濃きいろに真白き扶桑花は靄に浮かべり

くれなゐと見し間もあらず朝庭に大いなる花は驕りのごとく

来年は大きく咲くといふ花屋のことば扶桑花は寂しき思ひにのこる

一茎にひと花のみの一途さをふと寂しめり豪華なる故に

人間の驕りにも似て扶桑の花ただ一輪のみぞ咲きて萎えゆく

白粉草の赤い花束夕べ咲きみち朝はわがごと小花つぼめて

白粉草を裏の小畑のあぜに植ゑおもひなやむ日は花かぞへゐる

庭に咲く初花を先づ亡き父母(ちちはは)にこの常識をひそかに愛す

女なみに家仕事せし日は殊更に寂しまずゐる人をみる眼も

旌倪

旌倪（しょうじ）のものあはれさもありなむや夫が朝夕の出で入り見れば

こころ堅きは人間性のならはしかわれと猶子（ゆうし）と共住み重ねて

家娘（いへづま）をかたへに侍らせて夫ごころ親にあはれなること憚らず言ふ

梅の実の青葉にこもるごと姑（はは）と嫁（こ）が時にむつめりのちは知らずに

寒月はふかき憂ひに照りわたりいでて歩める親のひとり影

世渡りを過ぎし親ならむパチンコ屋の店先を朝々掃きよろぼへる

ふるさと（一）

浜松はふるさと讃ふる春の歌白砂にさえて帰り来にけり

松籟は霞のなかに消えゆくをなにに慰まむ白砂ふみて

白砂による浪もなき太平洋よりどころなけれ大いなるかな

海鳴りは沖の霞のなかよりかわがたつ渚にさざ波とよる

あこがれて泣きし日のごと磯松風は春のなぎさを吹きつたひゆく

ふるさとの太平洋に向ひつつ涙垂りをり寂しさたへず

貝殻はあはれに白く年月を波のさしひきにまだもまれゐる

生ひたちの華やかなりし友の多くを愛(かな)しび思ふふるさとにきて

雑木山を吹きおろす風は咲きみつる桜をバスにふきみだりつつ

桜ちる岨山みちを木ごもりを傍目もふらぬバスにゆられて

山ふかき雑木若葉の夕の照りバスに疲れし眼にくろぐろと

バスの窓は限りも知らぬさくら花峡より嶺に咲きつづきたり

荒磯の岩の間たゆたふ浪にぬれ海草とるらし裸身の子らが

太平洋の荒磯の崖に咲くしどみ眼にしみて紅しふるさとの道

うみどりは春の荒磯の浪にゆれ航く船は遥かなり雲にうかびて

桜散るそば山おりきて太平洋の海にむかひてひとりなみだす

帆船もみえぬおだしき春の海堪へこし悲傷を今更に思ふ

ゆふかげに浜松の風いたくふき故郷のかなしみここに甦る

帰りゆく母なき家の灯をうら堪へて遥かなり太平洋は

岸のべの松は伐られて過ぎし日の面影くらきふるさとの川

ひた走る幡多の街道をバスにゆられ丘さへ草さへみなわれに向く

山川よ野よあたたかきふるさとよこゑあげて泣かむ長かりしかな

海の上に赤い太陽がのぼりゆくふるさとびとはみなこほしかり

胸の中に黄の花がさくまぼろしの人ありて果てなしわが思ひむせぶ

ふるさと（二）

戸を閉ざさず夜はいね易きふるさとの畳いろのねもごろさぶし

貧しかりし故里の家の庭桜かたむきし軒に散るはまぶしも

向つ嶺もうしろの丘もつつじ咲く水門（みなと）の波のひかりにぬれて

天つ光ただ冴え冴えと照りわたる屋根傾ぶきし亡き母が家

人なみに学ばしめむと亡き母が売りしこの山うしろつつじ山

手繰り寄せてすぎし日思ふはゆたかなる恋慕にたへめ幼きともどち

金鳳花またすかんぽの花咲く土堤に痛々し母のひと世思ひいづ

帰りきて太平洋を見るいまは遠きなげきもすでにすぎけむ

恋ひやまぬふるさとに来て太平洋のつやめき霞む海にむかへり

ふるさと（三）

拙きわが歌の石ぶみ、生れし町の小学校に建てらる。ひとへにふるさと人のこころあたたかき賜にして、うたた感にたへず

いのち死なむと心決めし日もふるさとの山川ありてつひに止みしを

田植ちかき水田の上をうすうす照らす今宵の月はもやごもりたり

いつの日にまた来むものかふるさとの水田の蛙けけろとなける

土あかき四国山畑の麦畑うみにむきしは黄にかがやけり

野も山も若葉にもゆる土佐をきて郷愁やる方なし古き友らよ

道のくま山のそがひに紫の栴檀の花は盛りをゆるる

須崎の町をしばらく歩みきて潮の香たかき磯にいでたり

内海の春はおだしき陽のひかり友らはしやぐ小舟のなかに

土佐の山のみどりにぬるる春の陽を午後は別れゆく眼にしめてみる

棚畑の麦の黄ばめる四国路をあはれと嘆きし人もすぎしか

水張田のつづく広田は靄ごもり月の暈くらく逢ふ日をしらず

建てられし石ぶみのこと高知までかへりきて夜床にひとりむせびぬ

広田掻く手は泥水にぬれそぼち蓮華咲きたりなごりのごとく

めぐる山々青葉若葉に照りかへりまぶしもよけふのわが顔に明る

栴檀の花さく土佐の明るさを恥ぢつつゆかむ旅は思はざりし

むらさきの栴檀の花咲くけふをわれに二つなき日とさだめられたり

かくばかり恋ひやまざりしふるさとの野山寂しくけふわが前に

はるばる東京を遠くわがために来しこの友らわが碑のまへに

碑にむけば嗚咽とならむよそよそとみづならの樹を見てゐたりけり

なにげなくま向ふ友の眼をさけてみづならの光にこころはまどふ

わが歌の石ぶみにしるすうたごゑの地(つち)の底なる母にひびけと

紅梅

をののくはおぼれむとする危ふさか寒月に匂ふ梅咲く庭に

友らが吐きすてし息吹きを反芻する夜は紅梅のゆめあたたかく

あやふさにおぼるるを恐れ庭にいづはや月のぼりて霜夜ふけたり

憤りにわが世も知らずもだえゐるくれなゐ匂ふ花咲く日々を

人まちし梅の匂ひもいつしかに眼の前にゐて髪しろきひと

花散りぬ　―友―

ばらの花わが眼の前にいま散るよ散りしくは机上に浮彫なせり

高貴に咲く花と思ひしばらの花灯に近よせて散るを見送る

散りすぐる花の姿も残されしもののあはれか芯ふるへゐる

音もなく散りしく花びら手にとりてすぎゆくものを身にしめて思ふ

あへなくくづれおつるかばらの花死にし友がことおもひつぐ夜に

くれなゐはくれなゐに散る夜のばらしばらくふるへて静まりゆけり

根かぎり咲きしはきのふか夜の灯にすぎゆく思へば友の死もわれも

散りゆけばあやしき光を灯に浮かべばらも終りぬ友も終りぬ

つつじの丹の花窓に近ければ気色だつことなく机によれり

まぼろしの海

大海原に霞たちこめて真昼みゆるまぼろしの舟かみな空に浮く

ほのぼのと天漕(そら)ぐ舟か昼の幻に桂浜辺の石ふみてたつ

あげ潮の波音ひとり聞きゐたり明日は苦難の都にかへらなむ

けふの海は霞にこもりてうつつなし連れて漕ぎ入る人あらばいかに

眉あげてあゆむこともなき日常を思ひきり太平洋の海にむかへり

海鳴りを底に沈めておほらけきふるさとの海を見れば涙す

袂ながく磯の崖道登りし日よりけふにつながる年月の疲れ

荒磯の崖のみち見上げてひそかに思ふつひに遂げがたき悲願のひとつ

翠濤の湛へあふるる浦戸の海を忘るる日なからむ舟にてかへる

夏の月

更けし月木立にすきてほのあかる未来のごとき思ひに見をり

夢にすら思ふ未来といふことのこの月かげのあかるきほどに

刈りこまぬ椎の木にかかる下弦の月ほそきあかりがひとところあり

木がくれは月代ならむしらむいろ動かぬ葉末はただほの明り

靄ふかき夜々のすがしさ髪ぬらしあるく人ありわが門にたてば

睫にぬるる雫をまばたきて人の世といふを愛しみにけり

おきいでてひとりあふげば夏の月は光沈めてあかつきちかし

雑踏の人のいきれに自らを失はむこと怖れき月あかき夜は

わが周辺あまりに寂しきことありて夫にも人にも広言吐けり

支へられ胴上げされるる身の軽さひとのことゆゑ思ひいさぎよし

アドバルンの大空に浮かぶ不安定感大地にたちてわれはみてをり

八瀬　　―寂光院へ―

比良の嶺の雪消えの水の溜りけむここにたぎちて板橋わたる

秋陽ざしあまねき山城の国を来ておびえつつ渡る板橋ふみて

子を背負ひ頭上に荷物のせてゐる大原女の眼は清しかりけり

八瀬棚田の秋いそがしき畔のみち健康にあゆみゆく友を頼りに

三千院の門にわがたちいく年月へだたりし思ひをひそかにもてり

細々と徒歩あゆみけむ跡どころみち辺の菊のあはれなるいろ

おちたぎつ水にすらぬれて山菊のいろ深けれや大原の里

山に添ふ登り小径を寂光院へ念ひはてなし古き歴史を

追はるる命たへけむ山峡の極まるところに寺むすびつつ

寂び澄みし秋のひと日と書きのこし思ひ余る日の慰めとせむ

秋

秋更けし庭の芝生の蜆蝶さみしきいろに飛びもつれゐる

大方は芝生にをりて布切れかと思ふほどなる小蝶がふたつ

こころ悼むこの秋はことに刈り芝にかくれ育つがに蜆蝶いくつ

百日紅咲く日まちにしこの秋は夢かとすぎぬ師を逝かしめて

時おくれて咲ける芙蓉をあさあけに起きて見つるも思ひ堪へねば

黄の花の秋の菊みれば何しかもただに哀しき思ひ出もちて

秋時雨やめばもつれ飛ぶ小蝶みつつ悼む術なき日の過ぎてゆく

白き桜

とび色のシネラリヤの部屋に命なげきし四月めぐりてまた窓に咲く

しらしら桜咲けるを眼に追ひしいのちの綱かけふにつづけり

病院の庭の桜は白かりしよたたみにすわりけふ思ひつぐ

すこやけく春ならむ日のまことわれにめぐりきて一鉢のシネラリヤ咲く

白桃を見呆けて畳を忘るまでありける夜はベッドにかがまり

友の忌日ふたたびめぐりきて過ぎし日のよしなしごともなつかしきかな

いのち細めいちづになりし一人の人よ死すてふことのいかにはかなき

先きに死ぬる定めと知らず恋ひつまづきし友よ愛しさ蘇芳咲く日は

先きだちて後は知らずも命かけし一人のひとは君ならず抱く

前こごみせかせか歩みし生（よ）の末の友思ひ堪へず忌日こもりて

蘇芳は友が好みし花窓ちかく植ゑて忌日をひとり籠れり

墓参

諏訪のうみの光かがやけり父母の墓にまゐりしわが眼に冴えて

黄菊すこし父母の墓の上に挿しいく日保たむ花かと思ふ

この土とわがなる日にも湖の陽おもてと輝けいまみるごとく

葬り所の山原たかきに登りきて伊那の萱山友思ひゐる

この土になるべき定め思ひつつしみじみと見るみづうみの色

蓑虫庵

蓑虫庵のたたみのしめりあなうらに染みつきて思ふありし日の釈先生

ささやかに立ち木めぐらせる蓑虫庵住み古りしものの匂ひしのべり

伊賀の国に来たがりし若き学生をしみて思へり蓑虫庵のたたみに

時雨の雨よけつつあゆむ庵の松庭に一本のさびといはむか

三間（ま）ばかり住み古りて芭蕉が生涯のただ一節（いっせつ）の音楽ならむ

梅雨

つゆじめる着物きかへて昼までの眠気をさます不易流行のことば

じめじめと芭蕉の書を読み梅雨ながきあくびもいでぬ眠気たへゐる

狭き部屋に昼の電灯むしあつく梅の実ひとつ木にゆれてゐる

い寝しなに月代あかるむ庭樹みてありがたきものに思ひて眠る

個に生きむ思へばをさなき嘆きなり梅雨くらき部屋に電灯つけて

伊勢

夕暗くなりたる神宮参道をてらすともしび木ごもりて暗し

幾年か思ひすごしし神宮の五百真榊の下土あゆむ

砂利をふむこころはいつか素直にてわが足音もききわけて歩む

ふたつなき嘆きにをりて伊勢にまゐり参道あゆめど心踊らず

水明かりのほのかに見えゐる五十鈴川に降りし友らの声ききてまつ

神殿の灯の火かげに時雨のあめは銀線となりてわれらをつつむ

伊勢神宮にまゐり来てしみじみこの土に住みつきし定め愛しみにけり

神の前より額あげしとき思ひもよらずものの起りの激しさにふれぬ

かへりゆく参道暗くあふぎみれば梢あはあは靄にけぶれる

秋雨の音もなき闇を柵にすがり千木すかしみる珍しがりて

ほのしろく夕闇の空の千木みればいにしへびとのこころ愛しき

釈先生が去年五月に詣られしこと思ひつぎつつ参道もどる

枯るるものみな美しと昼間見し秋山のいろ心にのこる

このごろは白髪ふえしと教壇の先生を見し日のなつかしきかな

眼を伏せて寂々と講ぜし釈先生をしのびつつ歩む参道の往きかへり

教壇の先生のネクタイ思ひいづ野草のいろの黄に枯るるみれば

伊勢の宿の夕餉に螺食べゐしがわが頬つたひて涙ながれき

船にのり遊びゐることも後の日の記憶とならむ揺られつつ思ふ

京都

比良の嶺の雪ゐを汽車よりみて来しが晴るるまのなき京都の街あゆむ

西山の頂かすかに明るめる京都の街は時雨れてくらし

粟田山に今朝はながるる靄のいろ飽かなくいでて陽のさす頃まで

粟田口の舗装道路を亜米利加の自動車が走るあかつきまでも

祇園ちかき友が家より見る空の清々しければ知恩院までゆく

鞍馬山

山駕籠に坐れば落葉のかさなりが眼にちかぢかとあり山陰のみち

目路とほく比叡ひらけて見えたればありがたき鞍馬の一日(ひとひ)と思へり

比叡のねはるかに見えて秋ふかきもみづる山が前山となり

石段を上より落ちゆく幻をわが影として眼をつぶりをり

支へなき思ひに落ちゆくときあるをまた思ひをり山駕籠の中にて

寒紅梅

寒紅梅咲きしと庭のしめり土ふめば足もとの距離感はなく

紅梅の散りてはつはつ雪の上にけさは目覚めの庭におりきて

水中にもの見るごときふたしかさ空に紅梅あまた咲くみゆ

くれなゐの色冴えてまさ眼に見えてゐる距りしらず片眼みひらき

眼底の出血いゆるまちがてにぬすみよみ書く片眼すりよせ

二つの眼つかひはたさばいかならむ怖れふかきときは閉ぢてしばしゐる

眼底の出血あやふきいのちにて見るものあやに美しきいろ

雪ふればまぶしく青き庭のいろ消えゆく惜しみふみつつもとな

庭芝にやうやく積みし春の雪紅梅さえて枝にさく朝

いのちのきはの危さ出血の左眼見ひらく雪蒼きあさは

わが庭の樹にも土にも雪ふれり片眼みひらけばただしろじろと

桜草

西の窓に友がおきゆきし桜草の咲きつづく日々を春めきにけり

窓の辺に友がおきたる桜草こころおきなしささやかに咲く

雨あとの靄だつ芝生に散らばれる白梅の花はふまず歩みき

みまかりし釈先生の新聞記事むさぼりよめどみ心しらず

咲きすぐるばらの色香のおとろへをかりそめならず灯によせてみる

春の歌

春の夜をうつつとも咲く黄いろのばら過ぎし人ありてわが胸に湧く

春の陽ざし小窓にさし入る夕まけて黄色のばらはいろ紛れをり

温室に咲きしばらの花はわが窓の雪のあかりに衰へみせぬ

あえかなるはましてあはれなり赤きばら群より早く散りすぎてゆく

むらさきの花弁つぼめてクロッカスささやかにて春風にゆるる

春草のクロッカスうゑて庭にありまなこ病む日の陽ざしよけつつ

みだされしこころ沈めむと下りたちし庭の桜の吹雪にぬれて

片眼にて透しみつれば雪柳の花はおぼろなり萌えし芽のまに

思ひもうけぬことに触れければ桜草の花さく窓をみてゐたりけり

をんなの振舞みしかば淡雪をはだしにてふむしみいる思ひに

さ夜床を二つならべて敷くことも年月馴れて春はま寂し

片眼にてもの見ることもすこし馴れてあふぐ木ずゑの梅の花しろし

菜の花に春くれがたの陽がさせりものの恋ほしき菜畑すぎて

春の花あまた挿したればひとり坐る部屋はあまねく馥郁とせり

山吹の一重に咲きてさゆらげる春たのめなく夕べ散りつつ

革めむ世のさま叫びゐし人々の春の街うらに酔へるはしたし

わが生きにもしやと思ふ怖れすら春の夜の街ゆけば忘れて

桃の花咲きいでし見むと朝はやみさ霧ただよふ庭に下りたてり

緋桃の花挿してときめく夜の灯になにを思へる若き日のごとく

花すぐるひと日明るき昼の庭にみじかしと思ふ命しづかなり

山吹は庭のくまみに位置をしめけふを盛りと一重にぞ咲く

寂

いつしかも月いでてゐぬ街路樹の片明る光にあゆみを返へす

短しとのちの命を思ふとき静にひとり堪へむことあり

おくれ逝く人のいのちをかなしみて慟哭とならむうら寂しさを

耳しひなば後は平にありうべし雨夜をいでてひとり街ゆく

耳だたしきことにも慣れて人生を生きぬきしことをひとりの讃へむ

愚かしく素直なる日は遺さるる人の命を愛しみにけり

素直に疑ひもたぬときを恃み日暮れの電車にゆられてかへる

雨あとの土のしめりを下駄はきて足音おもくあゆむをみつつ

いくばくの生を思へるある時は静かなる我にかへるときあり

後記

日本歌曲のコンサートに行き、改めて「平城山」の歌詞とメロディーに心を打たれた。こんなすばらしい短歌を作る北見志保子とは、いかなる人物であったか。さらには、彼女の残した短歌をできるだけ多く収集したいという思いに駆られ、地元高知県の文学館や歴史館に問い合わせたところ、今では北見志保子の歌集が容易に手に入らないことを知った。そこで、生前に刊行された三冊の歌集を一冊にまとめ、多くの人が北見志保子の短歌に接する機会を提供したいと考えた。その結果、本書『北見志保子全歌集』の刊行となったのである。

北見志保子の歌集三冊を丁寧に書き写し、五感を持ってその作品世界に触れた。気づいたのは、字余りのあまりにも多いことである。ほとばしる情熱、喜び、悲しみが、定型をはみ出させたのであろうか。また、志保子の年譜や評伝を五、六冊取り寄せ、彼女の生涯を私の手で記述してみた。その波乱の人生を改めて知ると同時に、どんな境遇にあっても、前向きの姿勢を失わない生き方に感銘をおぼえた。

この度は短歌のみに焦点を当てたが、彼女は他にも短編小説や随筆などを数多く残している。

短歌に関しても、「珊瑚礁」「覇王樹」「草の実」「人民短歌」「女人短歌」「花宴」といった歌誌から拾い上げれば、さらに多くの作品を見い出すことができよう。彼女の残した全作品に触れることにより、真の北見志保子像が浮かび上がるに相違ない。来たる二〇二五年は、北見志保子生誕一四〇年に当たるとともに、没後七〇年の年でもある。節目の年を目前にして、各地域に残された文化遺産を掘り起こし、正しい形で継承していきたいという思いを新たにした。

最後に、本書が成るにあたって、高知県立文学館の岡本美和氏、宿毛市立宿毛歴史館の大西恵子氏、歌誌「青垣」前代表の加茂信昭氏には、貴重な資料を提供していただいた。厚く御礼を申し上げたい。

令和五年三月

桜井　仁

〈編者紹介〉

桜井　仁（さくらい　ひとし）

昭和28年静岡市生まれ。

國學院大學文学部卒業・同専攻科修了。

常葉大学非常勤講師・利倉神社宮司。

歌誌「心の花」所属。日本歌人クラブ東海ブロック幹事。

静岡県歌人協会副会長。静岡県文学連盟運営委員・編集委員。

静岡県芸術祭実行委員。「文芸やいづ」短歌選者。

著書に、歌集『オリオンのかげ』『夜半の水音』『アトリエの丘』『山の夕映え』『母の青空』、句集『はつ夏の子ら』『峡の風花』、共著『静岡県と作家たち』『新静岡市発生涯学習20年』、編著『校訂 三叟和歌集』『蔵山和歌集』『山梨志賀子短歌集成』『柳の落葉 戸塚種子歌集』『復刻版 秋香集 短歌』『駿河先賢詠歌集』『中村春二・小波歌集』『出島竹齋・三浦弘夫歌集』などがある。

現住所：〒420-0913　静岡市葵区瀬名川2-19-23
TEL・FAX：054-261-2090

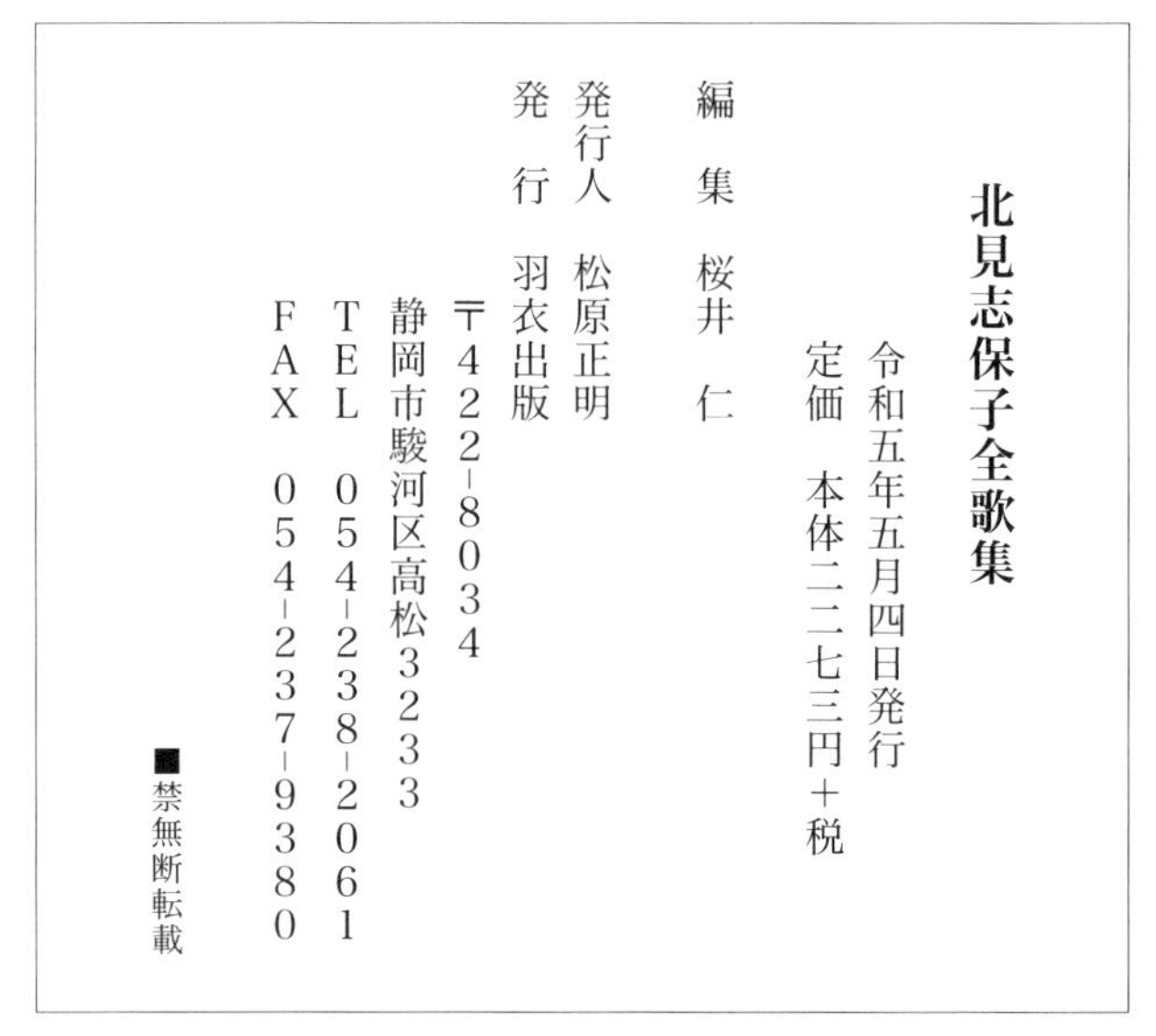
北見志保子全歌集

令和五年五月四日発行
定価　本体二二七三円＋税

編　集　桜井　仁
発行人　松原正明
発　行　羽衣出版
〒422-8034
静岡市駿河区高松3233
TEL　054-238-2061
FAX　054-237-9380

■禁無断転載

ISBN978-4-907118-76-1 C0092 ¥2273E